JN276745

ドン・フアン
（本人が語る）

ペーター・ハントケ 著
阿部卓也・宗宮朋子 訳

Don Juan
(erzählt von ihm selbst)

Peter Handke

三修社

Peter Handke,
Don Juan (erzaehlt von ihm selbst)
© Suhrkamp Verlag Frankfurt am Main 2004
All rights reserved.
Japanese edition published by arrangement through The Sakai Agency

ドン・ファン（本人が語る）

»*Chi son'io tu non saprai*«

（私が何ものであるか、おまえが知ることはないだろう）

ダ・ポンテ／モーツァルト

ドン・ファンはずっと前から聴き手をさがしていたのだった。その聴き手を、彼は、あるうるわしい日、私の中に見つけた。自分の物語を、一人称ではなく、三人称で語った。ともかく今、私には、そういう風に思い浮かぶ。

その頃、私は、自分のやっていた宿屋で、さしあたり自分だけのために料理をしていた。十七世紀のフランスでもっとも高名でもっとも悪名高かった修道院、ポール・ロワイヤル・デ・シャンの廃墟の近く。わずかな客室も、その頃には私自身の住まいの一部になってしまっていた。その冬から春先にかけての何か月か、私はそんな風に暮らしていた。その生活は、ただ自分で食べるために食事の用意をすることと、家事と、庭仕事だけから成り立っていた。いや、生活の何よりの中心は、読むこと、そして時折り、わが旅籠《はたご》の古い小さな窓のどれかから、外を眺めることだった。宿屋の建物は、かつての「野のポール・ロワイヤル《ポール・ロワイヤル・デ・シャン》」の門衛所の一つだった。

ずっと以前から、私には隣人というものもなかった。そしてそれは私のせいではなかった。隣人がいること、隣人でいることほど望ましいことはない。だが、隣人という観念がダメになってしまっていた。あるいは時代遅れになっていたと言うべきか。でも、需要と供給のゲームがうまくいかなかったのは私のせいだ。宿屋の主人として、料理人として、私が提供できるものは、もはや求められているものではなかった。私は商売人としては無能だったのだ。それでいて、私は、昔から今にいたるまで、商売というものが人と人を結びつけるものであることを信じてきた。私の信ずるものは多くはない。だが、人と人との関わりに活気を与える、売ることと買うことのゲームは信じている。

五月になると、庭仕事はだいたいのところ放り出し、自分が植えたり種を蒔《ま》いたりした野菜が伸びたり萎《しお》れたりしていくのを、ほとんどただ、眺めていた。果樹についても同じだった。十年ほど前にこの門衛所を手に入れ、宿屋に改装したとき、私自身で植えた果樹だ。イル・ド・フランスの台地を深く掘り込んで流れる小川の谷にある庭を、朝な夕な、巡り歩き、りんごの木や、梨の木や、ハシバミやクルミの木のところへ行く。本を一冊手に持って、だが木々には指一本触れず。そしてまた、自分のための煮炊きも、この春の数週間はただもう惰性でやっていた。庭は、野生化することで、回復していくように見えた。新たな、実を結ぶ植物もやって来た。

さらには、本を読むことまでが、だんだんどうでもよくなってきていた。ドン・ファンが逃げ込んでくることになった日の朝、当分、本は終わりにしようと決めた。二冊の本を、ちょうど読んでいる途中ではあった。単にフランス文学の証言や十七世紀の証言にとどまらない、ずっと先まで予め指し示している二冊の書物。ジャン・ラシーヌがポール・ロワイヤルの尼僧たちを擁護した書物と、そのポール・ロワイヤルの敵であるジェズイットをブレーズ・パスカルが攻撃した書物だ。けれど、次第次第に、読書はもう十分だと思うようになった。少なくとも当分の間はもういい。十分読んだ？　その朝思ったことはもっと乱暴で、「読書なんか、もううんざりだ！」というものだ。とは言っても、私は人生を通じて、読者でありつづけてきたのだ。料理人にして読者。なんという料理人だろう。なんという読者だろう。そして私はまた、カラスたちが、なぜ、しばらく前から、怒り狂ったように啼きながら空を飛び回っているのかも理解した。カラスたちは、今の世界のありさまに怒っているのだ。それとも私の今のありさまにか？

あの五月の午後のドン・ファアンの到来は、私の読書のかわりになった。いや、かわり以上だった。それが、十七世紀の小賢しいジェズイットの神父たちのだれかでもなく、またたとえばリュシアン・リューヴェンでもラスコーリニコフでもなく、ミンヘール・ペッパーコルンでもセニョール・ブエンディアでも、メグレ警部でもなく、「ドン・ファアン」であるというだけで、人を解き放ってくれる一陣の風のように感じた。同時に、ドン・ファアンの到来は、私の内部を文字通り押し広げ、内部の限界を取り払ってくれた。それはふつう、ものすごく興奮するような（あるいは恐れ駆り立てられるような）至福の読書でしか得られないことだ。ドン・ファアンではなくて、ガーヴァインやランツェロットでもよかったかもしれない。あるいはパルツィファルの異母兄弟、まだら肌のファイレフィッツでも（パルツィファルではもちろんだめだ）。もしかしたらムイシュキン侯爵でも。だが、やって来たのはドン・ファアンだ。そしてちなみにドン・ファアンは、今挙げたような中世のヒーローや放浪者たちと、少なからず似たところがあった。

来たというべきか現れたというべきか。どちらかというと降ってきたと言ったほうがいい。宿屋の通りに面したところがその一部になっている塀越しに、わが庭に、つんのめるように落っこちてきたのだ。それはほんとうにうるわしい日だった。朝、灰色に濁っていたイル・ド・フランスの空は、いつものように晴れ上がり、今またさらにさらに晴れ渡っていくように見えた。午後の静けさ。それはいつもあてにならないのだが、今のところは静けさがあたりを包んでいた。ドン・フアンの姿が私の視界に入ってくるはるか以前から、まず苦しげな呼吸が聞こえてきた。子供の頃、田舎で、農家の少年だったか誰だったか、警官に追われて逃げていくのを目撃したことがある。急な小道を登ってきて、私のすぐそばを、彼は逃げていった。追っ手からは、最初、「止まれ！」という叫び声だけが聞こえた。今でも、逃げていく少年の顔が目に浮かぶ。真っ赤な顔をして、体は縮んでしまったように見え、振り回される腕はそれだけいっそう長く見えた。だがあとあとまで印象に残ったのは、耳で捉えたもののほうだ。それは一種の喘ぎのようなものだった。それはまたある種笛のような音、彼の肺の両翼から出てくるひゅうひゅうという音だった。いや、肺も翼も関係ない。私の耳に残っている音は、少年の全身から響き出し、飛散している。それも体の中からというのではなくて、彼の表面から、外側からだ。皮膚のあらゆる場所から、すべての毛穴から。それは特定の人間から出ているものですらなく、複数の者から、とても多くの者、圧倒的多数の者から、発せられている。それも、叫びながら近づいてくるのがはっきり分かる追っ手たちに対して多数だというだけではなくて、周囲の静かな田舎の自然の事物に対しても多数なのだ。この唸りのようなもの、振動は、死にものぐるいの逃亡者から絞り出されているものであることははっきりしていたとはいえ、私には、何か圧倒的なもの、一種の根源的な暴力を含んでいるように思えた。

地平線の遠くに、かつすでに耳に近く、ドン・フアンの息づかいが聞こえてきたとき、私は即座にあの時の逃亡者を思い浮かべていた。かつて警官の叫び声だったものは、一台のバイクの轟音に変わっていた。それはアクセルを開くたびにリズミカルに唸りを上げ、何もかもを踏み越えて、しだいに庭に近づいてくるように思えた。息づかいのほうはそうではなかった。それは最初からただちに庭を満たし、さらに満ちていくのだった。

年経《ふ》りた壁は一か所が少し崩れてきていて、城壁の突破口のようになっていたが、わざとそのままにしてあった。その穴を通って、ドン・フアンは頭からうちの庭に飛び込んできた。いや、彼に先立ってまず飛んできたのは、槍のようなものだった。それは弧を描いて空《くう》を飛び、私の足下の地面に突き刺さった。その脇の草の中に寝ていた猫は、ちょっと目をしばたくと再び眠り続け、一羽の雀が——そんなことができる鳥が雀以外にいるだろうか?——まだ揺れている槍の尻に止まり、さらに槍を揺らした。槍というのは、実際はただの枝、先を軽く尖らせたハシバミの枝で、ポール・ロワイヤル周辺の森のどこからだろうと切ってくることができるようなものだった。

かつて田舎の警官に追われて走っていた少年は、私など見てはいなかった。火のように紅潮した顔の中で、瞳だけは色褪めて煮魚の目のようで、何も見えてはいず、子供の私の脇をどたどたと走っていった(その足取りには力が入っていたとしても、最後の力だった)。ところが、逃げてきたドン・フアンは、私を見ていた。体から、頭、肩から、あの杖と似ていなくもない格好で壁の穴から飛んできたその時すでに、彼の目はしっかりと私を捉えていた。しかも、こうして初めて出会ったのにもかかわらず、私にはこの闖入者が、すぐさまよく知った人物、親しい人物のように感じられた。彼の自己紹介を俟《ま》つまでもなく――どのみち彼は自己紹介などやっていられる状態ではなかった。独特な、特異な、歌うような呼吸をしていたのだから――、私には自分の目の前にいるのがドン・フアンだと分かった。ドン・フアン「のような」人物ではない。ドン・フアンその人だ。

今までの人生の中で、そうしょっちゅうではないが、何度も、そういうまるで知らない人物が、そういう人物こそが、一目見たときから親しい仲のような気がすることがあって、しかもその親しさは、知り合っていく中でわざわざ深めるまでもなく、必ず長続きするのだった。この親しさの感覚があれば大丈夫だった。しかし、これまでの（とてもわずかな）ケースでは、そのつど相手のほうが私にとっての親友となったのに対して、ドン・フアンの出現はその逆だった。最初の眼差しは彼のほうからやって来て、私が彼にとっての親友となるのだということを、彼の側がただちに明らかにしていた。僕の語ろうとしていた物語を親しく打ち明けられる相手となるのは君だ、物語は君に向けられているのだ、と。

それでも、はるか昔の逃亡者と、今のドン・ファンには、一つの共通点があった。非日常の、ハレのイメージを打ち立てていたことだ。実際、あのときの、息も荒くよろめき走ってきた少年は、日曜日、土地の人々が教会に行くときに実にひとしなみに身にまとっていた晴れ着を着ていたし、今日逃げてきたドン・ファンもまた、晴れ着に身を包んでいた。ちょっと特殊な、青い五月の空にぴったり合ったものではあったけれども。しかしそれ以上に、当時の逃亡も、ドン・ファンの逃亡も、逃げるということそれ自体が、一種の晴れやかさを放散していた。ただ、ドン・ファンの放つ晴れやかさはドン・ファン本人から来ていたのに対して、あの田舎の少年の晴れやかさは——さて、どこから来ていたのだろう？　彼自身からではなかったことだけは確かだ。彼は何も、まったく何も、放ってはいなかった。

ロドン谷の谷底は、現在でも一部は沼地だ。追っ手のバイクは、ちゃんと走ってこれていたのだろうか？　バイクの騒音は、ずっと同じあたりから聞こえて来ていた。アクセルを吹かす音も、それから、しなくなった。単車のうなりは、一様な、ほとんど長閑《のどか》な、間《ま》遠《どお》なものになっていった。ドン・フアンと私は、一緒に壁の裂け目に立って、あたりを見やっていた。淡い緑色の水辺の樹々に半ば隠れて、バイクに乗ったカップルが見えた。ちょうど、向きを変えて、ハンノキとシラカバの木々の間を、ゆるやかな弧を描いて戻っていくところだった。してみると、「野のポール・ロワイヤル」の修道院の敷地に一歩足を踏み入れた者は追跡を免れるという庇護法は、いまも有効だったということになる。何者も、この地所の境界を越えてまでは、追われることはない。この地所に足を踏み入れた者は、どれほどひどい罪を犯した者であれ、ひとまずは安全なのだ。それに、カップルの眼差しにはこう読み取れた――このドン・フアンはあたしたちの追っていたドン・フアンではない、あたしたちが殺したかったのは別の奴だ。特に女のほうは戸惑っている様子だった。男のほうは、最後はドン・フアンに向かって友好的に手を振りさえした。

今時の、かつ／または古典的なバイクのカップルにふさわしく、二人は革のスーツを身に着けていた。黒。そしてヘルメット。二つのヘルメットは、ヘルメット同士以外にはありえないような似方でよく似ていた。もちろん、後部座席の見るからに若い女のほうは、ヘルメットの下から髪をなびかせており、そしてその髪は、ともかくブロンドだった。走り去っていく男と女には、どことなく兄妹のようなところ、もっと言えば双子のようなところがあった。もっとも、女が男にしっかり抱きついている姿や、レザースーツがあきらかに全裸の体にじかに纏《まと》われていることは、そういう印象と背反していた。二人とも、大急ぎでスーツを着たのだ。あらゆるボタン、ジッパーが開いたままで、衣装の開きうるところはすべて多少とも開いていた。男の半分はだけた背中には、木の葉、草の茎、かたつむりの殻の残骸（かたつむり自体の残骸も）、トウヒの針のような葉が付着していた。男のほうにだけだ。若い女の肩甲骨のあたりは何の汚れもなく白く見えた。ただほんのしばらくのあいだ、その背中にポプラの綿毛が引っかかる。が、それもまもなく飛び去っていった。兄でない男と妹でない女は、ドン・フアンを言わばつかまえ、殲滅しようと走り出したのだった。私を驚かせたのは、運転する男の背中にしっかりと貼り付いたトウヒの葉だった。なにしろポール・ロワイヤル界隈のどこにも、広葉樹しかなかったのだから。

かなり幅の広い平板なドン・フアンの顔は、まだしばらくの間まだらになっていて、私は生きたファイレフィッツを見ているような気がした。あの、「ムーア人の女」から生まれたという、パルツィファルの異母兄弟ファイレフィッツ。クレチアン・ド・トロワを読んでいたときにはっきりと思い浮かべていたその姿とそっくりだったのだ。ただドン・フアンは彼の先人のような黒白のまだらではなくて、赤白の、暗赤色と白のまだらだった。それにまだら模様は顔に限られていて、私が想像していたファイレフィッツのように全身を覆うものではなかった。首から下はもうまだらではなかった。赤みを帯びた肌の、大きな顔は、チェス盤のようでもあった。大きな、だが逃亡してきたことで少しも曇ってはいない顔。そしてその中の決して不機嫌そうでもない眼。好きなだけじろじろ眺めるがいい、彼は私にそう言いながら、手にしていた折りたたみナイフの刃をパチンとしまった。それから、腹が減っている、と、私に伝えた。びっしょりかいた汗がからからに乾いて、何か飲みたいというよりは食べたくなったのだ。そして直ちに彼のために何か用意しに行った料理人の私は、彼を理解していたことになる。そしてこの人物は、いかにリアルだったことか。あの五月の日の午後、「野のポール・ロワイヤル」の廃墟近くで、彼が私に何《なに》語で話しかけてきたのか、もう覚えていない。それはどうでもいい。私は彼の言うことを理解していたのだ。とにかく、どういうふうにか。

庭用のテーブルや椅子はすべて壁の隅に積み上げて、わざと朽ちるにまかせてあった。だから私はお客のため、キッチンから椅子を持ってきた。彼は後ろ向きに下がるようにしてこの椅子にすわった。ドン・フアンが私のところにいた一週間のこの最初の日、私はまだ、こんなふうに後ろ向きに歩くのは、危険や脅威——バイクのカップルのような——を見落とさないためなのだろうと思っていた。しかし、そういうときの彼が、まったくあたりを窺うような目つきはしていないことには、その時すでに気づいていた。注意深いようには見えたが、警戒しているようには見えなかった。左右や肩越しに眼を配るでもなく、後ろ向きに歩きながら彼の頭は自分の逃げてきた方角にたえずまっすぐ向いていた。ついでに言えば、ドン・フアンのような人物が逃げて来る方角として私が期待していたのは西、ノルマンディーのいくつかの城や、シャルトル周辺の今でも現役の修道院がある西、それよりいいのは東、決してさほど遠くないかつての太陽王のヴェルサイユの館のある東、一番なのはさしてそれより遠いわけでもないパリだった。ところが彼が野を越えてロドン谷に走って飛び込んできたのは北の方角から、イル・ド・フランスでも新しい街ばかりの北の方角からだった。そっちにあるのはアパートまたアパート、中心部はほとんどオフィスビルばかり、そういう新しい街で一番近いものはサン・カンタン・アン・イヴリーヌといった。一方で、その方角は、バイクのレザースーツのカップルにはふさわしかった。そう言えば、新しい街《ヴィル・ヌーヴェル》とこの古い僧院の廃墟の間に、少なくとも一本、針葉樹があったのではなかったか。特別に目立つ樹。森の名残の木々のきわに、一本だけ立っているヒマラヤ杉。あたりの風景の中でももっとも見事で力強く育った樹。

彼のために料理をしながら、私は一階の——建物は広くはあっても一階しかなかった——厨房の開いた窓から、外の五月の太陽を浴びてすわっているドン・フアンを眺めていた。そのうち彼のほうも、私の仕事ぶりを見るようになった。ときおり立ち上がっては、食材をいくつか、晴れ着のコートの中から取り出して、私のところ、窓枠に、置いていった。わざわざ説明してもらうまでもなく、彼がここまで走ってくる間、逃げて来る間に摘んだものだった。それなのに、オゼイユの葉も、野生のアスパラガスの茎も、いつもの春同様挽きたての小麦粉のような匂いの聖ジョルジュのキノコも、むしりとったり無闇に掘り取ったような形跡はまったくなかった。ドン・フアンは逃げることに慣れていたし、習熟していた。逃亡中にあってこそ、自然体でいることができた。少なくとも、彼が自然体でいられるときの一つは、逃亡中だった。とは言っても、逃亡しているときに恐怖や不安がなかったというわけではない。むしろ、怯えや恐れの中でこそ、よりよく、より明確に、より立体的に、ものを見ることができたということだ。立体的にものを見ることができたのは、逃げながらしきりに振り返ったり、途中で後ろ向きに走ったりしたからでもあるだろうか。その上、ドン・フアンは、途中で見つけてきたものを、まるでたっぷり暇があったかのように、調理するばかりの状態にしてあった。皮を剥き、洗い、きれいにしてあった。逃げるということは、ドン・フアンにとっては、時間を獲得するということに他ならなかったのだろうか。そして私にとって腹が立ったと言ってもいいほどだったのは、この辺りへは新参者である彼が、およそ隠れていて目につきにくい美味しい宝物に、雑作もなく行き当たっていることだった。長年ここに住み、エキスパートでもある私が、早春から眼を皿のようにして探してほとんど見つからなかったというのに。この騎士《リッターーリング》の名で呼ばれる種類のキノコの中でももっとも美味なキノコがその名を得ている、聖ジョルジュの祭の四月二十六日のはるか前から、若いイラクサに刺されながら、イル・ド・フランスの西の森の周囲をくまなく探していたのだ。たった一本でもいい、一年の始まりを体現し意味する丸く明るい色のこいつが見つからないものかと期待して。この期待は、その頃まだ読んでいた本のうちの一冊の表現で言えば、しだいに「屈辱的な」ものを帯びてきていた。それを、このふらふらさまよい込んできた男は、こともなげに、一抱えほども、長いことまともに使っていなかった調理場に積み上げてみせたのだ。もっとも、リッターリングの名は、彼に、そして彼がそれから語った物語に、ふさわしくなくもなかった。

ドン・ファンは椅子を少しずつ私の調理場の窓に寄せてきた。食事の用意をしている私を眺めていると刺激になる、と言うのだ。刺激？　なんのための？　彼は沈み込むようにすわっていた。それは数週間もわざと刈らずにおいた丈の高い草のせいでもあった。毛並みの黄色い猫が草の中を歩くと、ライオンのように見えた。私が飼っていたわけではない。おそらくサン・ランベール・デュ・ボワの家のどれかで飼われている猫だった。サン・ランベールは、ポール・ロワイヤルに近い唯一の村で、直線距離にして優に一キロ、槍を投げて届かせるには何度も拾って投げ直さなければならないほどには離れている（わが地所の近所と言えるのは修道院の廃墟と古い鳩小屋の塔しかなかった）。猫は毎日、午後、決まった時間に壁を越えてやって来ては、しばしの間、距離をおきながら私のそばにいてくれて、それからどこへとも知れず、自分の領地の巡回を続けた。このよその猫が毎日姿を現すのを、私はいつの間にかひどく待ちこがれるようになっていたのだが、来ても私にまともに挨拶してくれたことなど一度もなかった。猫にとって、私は存在しないも同然だった。ところが今、ドン・ファンに対しては体をこすりつけ、彼の足の間を前から後ろからいつまでも行ったり来たりしているのだった。同じく、この新顔のまわりには思いがけぬ蝶の群れが舞い始めた。さまざまな種類、さまざまな色の蝶。比類のない、ミニチュアの、小旗、三角旗、皇帝旗のはためき。そして少なからぬ蝶が、彼のからだに静かにとまってもいた。多くは手の甲に、あるいは眉に、耳に。男から、相変わらず、休んでいる今になって余計に流れ出す逃亡の汗が、蝶たちの飲み物になっていた。そして私の予定通りに朽ち果てた庭のがらくたの中に住み着いていたマスクラットが、これほどに臆病な動物はいないと思っていたのだが、安心しきってひげを垂らし、彼のつま先の匂いを、ためらいもなくくんくん嗅いでいた。そしてちょうど私が食事を載せた盆を手に外に出てきたとき、巨大なカラスが地所の上に飛んできた。くちばしに何かテニスボールのようなものをくわえているなと思った瞬間、それを下に落とした。手の届くところ、地面の上に。パッションフルーツだった。たぶんどこかの市場の屋台から盗んできたのだろう。そう遠くないランブイエの市《いち》の日ではなかっただろうか。そして、さらに黒くさらに大きな第二のカラスが、それまでは、前の週のうちに葉を茂らせていたわが庭の樹の一つ、マロニエの枝に隠れていて気づかなかったのだが、その瞬間に飛び出してきた。樹の幹が爆発したかと思うような勢いで舞い上がり、一番目のカラスを追った。すると、樹のてっぺんからは、カラス同士の喧嘩の雷雨に、とうに枯れながら付いていた枝がばらばらと落ちてきた。草の中に、あっと言う間に、薪の山が一つ。

ドン・ファアンは眠っていた。両脚は朽ちかけたテーブルの天板の上に載せていた。かつて私の読書用だったテーブルだ。脚は腫れていた。食事のあいだ、はじめのうち、彼はほとんど目を開けなかった。そのあとも、一度、ぱっと燃え上がるような眼差しを見せた後は、ほとんど目を閉じていた。こうして閉じられた目には、また別の意味があった。そんなふうにして食べながら、思い浮かべる力をかき立てていたのだ。妄想する力？　それは違う。そしてその後、彼の中に一つのリズムが湧き上がり、それはもう味がどうかには関係なくなっていた。いや、彼のハミングは、リズミカルというよりは旋律的なもの、一つのメロディではなかっただろうか？　それに合わせて、彼は全身を、ほとんど分からないぐらいではあるが、揺らしていたのだ。（後で、物語を聴かせるとき、ドン・フアンは、私が問いを差し挟むこと、異議を唱えること、補足することを禁じた。私は疑問を持つことを知らぬ者にならなければならないというのだった。）

彼は穏やかな五月の日差しの中にすわって語っていた。聴き手の私は、ニワトコの茂みの下の半日陰にいた。ニワトコはちょうど花を咲かせていて、その小さな、シャツのボタンほどの大きさもない、クリーム色の花を、風が立っているわけでもないのに絶えずはらはらと、ニワトコ独特の枝葉の中に、落としていた。思い出したように降る花の雨が、ポプラの綿毛と交差する。この一週間というもの、絶えず、一日中、この庭やポール・ロワイヤルの遺跡ばかりでなく、イル・ド・フランス西方の細かく枝分かれした小川の谷じゅうを漂っていくポプラの綿毛。重いもの、のしかかるもの、しっかり固定されたもの、地にうち込まれたものはみな、この軽い、透ける光に輝きながら飛ぶ綿毛の群れによって緩められ、それが通りすぎるあいだ、重さを失うか、少なくともさほど重々しくはなくなるように見えた。それはキリスト被昇天の祝日と聖霊降臨祭の間の数日で、いつもよりもしばしば鐘の音が、びっしりと蔓草《つる》のからんだ水辺の林に、はじめは祭が終わってしまった後のように、それから来《きた》る祭を祝うかのように、サン・ランベールのほうから聞こえてきていた。サン・ランベールの墓地には、異端として破門されたポール・ロワイヤルの修道尼たちが、一つの墓穴にまとめて埋葬されたのだった。外の、修道院の廃墟にしか行き着かない道を、誰を捜しているのか、警察の車が何度も、音もしないほどゆっくりと走っていっては、やがて戻ってきた。ある日には、一機で爆撃機の編隊のようなトルネードが、宿の庭の上空に侵入してきた。それ自体は別に変わったことではない。いく筋にも小川の流れる手つかずのままのような谷の上の高原には、少なからぬ軍用飛行場があったからだ。

ヴィラクーブレにも、士官学校のあるサン・シールにも。——それでも、ふだんと違っていたのは、つねに新たな編隊が、そしてまた別のモデルの爆撃機が、あたりの空気を舞い上げながら木々の梢に触れそうなぐらいの高さに飛び、しだいに青みを増す五月の空を暗くしていたことだ。全ヨーロッパ的作戦の一部、だかなんだか知らないが。

ドン・ファアンは着替えを済ませていた。もしかしたらコートを裏返しただけのことだったかもしれない。いずれにせよ、私には、旅の装束に見えた。それにまた時折、立ち上がっては後ろ向きに二三歩歩いていたのが、旅の道連れを待っているように見えた。最初の物語は、彼はもっぱら自分自身に向けて、自分自身の中へと、つぶやくように語った。それは、体験したこと、オートバイのカップルのエピソードが、まだ新しすぎるせいだった。それはまだ語るには熟していなかったのだ。だからさかのぼって話すべきこともなかった。たかだかとりあえずキーワードを並べた独り言のような形で確認してみるだけのことだった。出来事の中に、まだ自分自身が登場しすぎる。もはや自分自身の話ではなくなってはじめて、囚われることなく、ことの初《はじ》めから語れるようになる、ということだった。時をおいた今、私には、ちょっと違うようにも思えるのだが。彼はまた自分の物語に音楽を禁じた。どんな音楽であろうと。音楽があると、できなくなってしまうんだ。何が？　できなくなるんだよ。

何の予感もなく、彼はその日、五月にはとりわけ広やかなイル・ド・フランスの空の下を歩いていた。多くの道路が網目をなして走るようになった今日でも、つと脇に入って野を横切って行くことは可能だった。それが以前とはまったく違う楽しみになっていたとは言えるかもしれない。その日の朝、彼はこの地に着陸したばかりだった。飛行機で、文字通り、着陸したのだ。その前の夜と昼は、まだ、別の国で過ごしていた。それまでも日ごとに、世界のなかの違う土地にいたのだ。それもわれらがヨーロッパには限らず。

ポール・ロワイヤル界隈は、一見したところ、大きな一つの平野に見えるが、中に入って歩いてみれば、実際はえらく入り組んでいる。それは無数の小川のせいだった。主流でありすべての流れを集めるビエーヴル川が、向こうのセーヌ盆地に注いでいる。平地のように見えるものは、数多くの水脈によって洗われ、深く掘り込まれた台地だ。人の住むところ、特に横にも上にも伸びた新たな住宅地と、オフィスや産業施設のあるところは、ほとんど例外なく台地の上に限られている。台地の上は、剥き出しと言っていい、吹きさらしの土地だ。わずかに残された森にも、どこにも森らしいところはない。それに対して、いく筋もの小川の谷は、樹林に覆われている。斜面のどんぐりや栗の木。谷底には、水辺の木やハンノキやポプラの林があって、ところどころ昔の水車小屋跡の空き地が挟まる。そういう空き地は、朽ちたままになっているか、若木の苗床になっているか、乗馬のための囲い地になっている。いくつもの小川の源泉のあたりは、何世紀にもわたってほとんど手つかずのままで、ポール・ロワイヤルを除くと、大きめの建物は何もない。ポール・ロワイヤルは、ロドン谷の入り口にあって、当時、パリから馬で半日、ほとんどそれ自体が一つの町、というよりは要塞だった。頭脳のための、特別な冒険的な頭脳のための要塞。（私がここでこんな昔の話を持ち出しているのは、ポール・ロワイヤルの残骸のまわりの野の風景に愛着を感じているからばかりではない。それが今からの物語にとって、今現在のものにとって、あるいは今現在そのものにとって、ふさわしい場所というか考えうる場所、ともかくつきまとってくる場所だと思っているからだ。ちょうど、かつて、イタリアの打ち捨てられた工業団地がアントニオーニの映画にとっておそらくそうであったように。あるいはアメリカのモニュメント・バレーの、砂嵐に浸食された、島のような山々がジョン・フォードの西部劇にとってそうであったように。）

ロドンの姉妹谷が、サン・カンタンの近くの、メランテーズの谷だ。同様に台地を掘り込んだその源流付近にも、人は住んでいない。私の住むこのあたりと同様、ところどころ、蔓草《つる》とブラックベリーの棘のある枝の密林になっている。そこを、あの朝、わがドン・ファンは、横切ってきたのだった。はじめのうちは、森の中の道を歩いていた。彼は自分を目立たなくする術《すべ》を心得ていた。森の中をジョギングしている人々や、馬で来ている人は少なくなかったが、ドン・ファンには気づかなかった。そのあたりで、馬に乗った姿がさまになるとすれば、それはドン・ファンだっただろうが。いや、全然さまにならなかったかもしれない。彼は茂みの中にもぐり込んだ。ただ習慣と、冒険心から。彼はただ、自分の時間の主《あるじ》であることを心がけていた。彼はそれが自分の主な仕事だと言った。少なくとも、自分の仕事のいちばん肝心な点がそれだ。だから、メランテーズの樹々の中に開けた草地のところへ、遠くからも際立って見えるヒマラヤ杉のところへ、とにかく行ってみるに如《し》くはなかった。ごちゃごちゃと茂って日の光にちらちら瞬いている原生林の背後に、大きく黒々と枝を張っているヒマラヤ杉のところへ。それが自分の予定していたルートから外れることになっても。

　孤独な茸採りでもたまに死体にぶつかることもあるとは言うが、森を横切って入っていったドン・フアンのすぐ目の前には、裸のカップルがいた。ドン・フアンはその場に静かに立ち止まった。茂み越しに見えたのは、何より、背中を向けた女の姿だった。そこで二人がしていたこと、あるいは二人に起こっていたことを表す習いの言葉は、繊細に言い換えようが、がさつに扱おうが、困惑の表現でしかない。ここでもそのことに変わりはない。男のほうは、ドン・フアンには、曲げて立てた膝以外、ほとんど見えなかった。カップルの声も聞こえなかった。二人は一種の窪地のようなところにいて、ドン・フアンは少なくとも「石を投げて届くかという程度には離れたところ」に立っていた。それに葉群れのざわめきと、小川のさざめきの音も大きかった。

ドン・フアンは最初、そっと立ち去ろうかと思った。それから考え直して、そこに留まり、出来事に立ち会うことに決めた。とにかくそれは一つの決断、冷静な決断だった。結びついている二人、さらに一つになろうとしている二人を、しっかりと見なければならない。目をそらすのは問題外だ。しっかり捉え、測ることが今の彼の義務だった。何を測るのか？　それはドン・フアンには分からなかった。ともかく、どんな感情も、これっぽっちの興奮もなく、じっと見つめていた。彼が感じたのは、一種の感嘆だけだった。静かな、素朴な感嘆。しかしその感嘆も、次第にやはり一種の身震いに変わっていった。とは言っても、ホテルの隣室で行われていることを聞きたくもないのに聞かされているときの身震いとはまったく違ったものではあった。ホテルのような場合は、どちらかというと神経を逆立てられるのが常だったけれども。

二人が、そこでやっていることに関して、秘かに隠れてやっているという感覚を少しも抱いていないことは明らかだった。彼らは、だれか観客に向けてどころか、全世界に向けて行為していた。全世界に見せていたのだ。あれ以上に誇らかに、あれ以上に堂々とことにあたるというのは不可能だった。とりわけ金髪なのか金髪にしていたのか分からないが、女のほうは、ヒマラヤ杉のそばに花咲くエニシダの茂みの間の半ば荒野のような場所を、見る間に一つの舞台というべきものに仕立てていった。舞台は世界だと言うが、このかなり長い瞬間、その舞台は本当に世界を意味していた。彼女は陽光と――あるいは肩で、あるいは腰で、次第にますます踊るように、蛇使いのように、尻で――戯れていた。体をまっすぐに起こして、ことを働いている女は、なんと誇らかに見えたことだろう。そしてまた女のほうだけが、「働いて」いるように見えた（実際それは彼女の働き、作品であって、それこそが、彼女が世界に対して、あるいはだれに対してであれ、提供できる、唯一ではないにしても最上の作品だった）。彼女の下の男のほうは、言ってみれば単なるプロンプター、人に仕える者、彼女の道具にすぎなかった。またそれにふさわしく、ほとんど姿も見えなかった。そんな見えない男と、光彩を放つ女の姿は、ありふれた映画の一シーンでもあり得たかもしれないが、それでも、この自然の中では根本的に違っていた。少なくとも一つには、映画と違って、ことの次第を、クローズアップではなく、かなりの距離を置いて見ていたということもある。距離があっても、ドン・ファアンには彼らの姿が大きく見えてはいたのだが、それは決してクローズアップ・ショットによるものではなかった。

目撃体験から一週間経って、カップルのことを思い返しながら、いわばその一周週を心の中で彼らとともに祝っていたとき——ドン・ファアンは、彼らもちょうど一週間にあたるその日を当然祝っているであろうと確信していた——そのときになって、ドン・ファアンは、二人のかたわらのエニシダの小枝についた唇のような花が、なんと黄色かったかということを、初めて思い出した。そして風が、まっ黄色な茂りを吹き広げ、吹き動かしていた様子も思い出す。ヒマラヤ杉の枝からはヒマラヤ杉の枝ならではのざわざわいう音。ずっと上空、鳥には考えられないほどの高さを、鷲が旋回していた。それは、ふだん、夏の盛りの特別澄み渡った静かな日でなければ、ランブイエの森の居場所というか高所の巣から、パリ近くの領空へと出かけていこうともしない鷲たちのうちの一羽だった。灰色に風化した薪の山にとまった二三匹のスズメバチの、脚で体を擦る音が、はっきりと聞こえた。ドン・フアンがそう話していたとき、ちょうどこの庭の木製のテーブルにも同じようにスズメバチがとまっていた。五月は彼らの巣作りの季節なのだ。メランテーズの小川にさしかかる木の枝の一本には、なにか縞模様の長いものがゆらゆら、ふわふわ、揺れていた。それはたとえば靴よりもずっと軽いもの――カセットのテープよりも軽いもの。脱ぎ捨てられた蛇の皮以外、そんなにも重さを欠いたものはありえなかった。つまりポール・ロワイヤル付近にもまだ、というか、にもまた、というか、蛇がいたということだ。昨年の松ぼっくりが一つ、ヒマラヤ杉から落ちて、カップルの脇に転がっていった。雲母を含んだ砂が、魚のいない流れの底できらきら輝いていた。上の台地の畑から、トラクターの音が聞こえた。向かいの斜面の森のきわでは、祖父母と両親と子供たちの一家がピクニックテーブルのようなものを組み立てていた。いたるところに通っている街道の一つを、スクールバスが走っていった。生徒たちはみな、バスの後部に群がっていた。そして空中には、茶色っぽい蝶がいっぱいに飛んでいた。蝶はすべて二匹が組になって輪を描きながら飛んでいて、そのため二匹が三匹に見えた。

それでも、ドン・ファアンは、最後にはカップルに失望した。すべてがあまりに予定通りだったのだ。二人の声が聞こえ始めた。女の叫び声、男の低くうなるような、うめくような声。女は前に体を倒し、そして彼は片手で彼女の背中を撫でながら、もう片方の手では曲げた膝を早くもぽりぽり掻いていた。叫び声を上げた直後、彼女はなにか「愛」といったような言葉を口にし、彼のほうも何か似たようなことをもごもごと言う。ドン・ファアンはもっと前に立ち去るべきだったのだ。一羽のカッコウが、どもったように、和音、三和音の鳴き声を上げる。それももはや何の役にも立たない。ドン・ファアンは義務感から見つめ続けてはいたが、そうしながら、秒数をかぞえていた、というか、とにかく数をかぞえていた。人が、どこかに無理矢理引きとどめられているときに、あるいは時の流れが遅すぎると感じられたときにするように。そして時間というものはドン・ファアンにとって問題だった。問題そのものだった。

ドン・ファアンは、窪地の裸の二人が、見るからに蠅やアリに襲撃され始めてからようやく、その場を去ろうと背を向けた。蠅やアリは、実際にはその前からたかってきていた。

が、今になって、二人はだんだんそれが気になり始めたようだった。最後の瞬間まで、ドン・フアンは待っていたのだ。二人に何かが起こることを。ことの流れに逆らう何かが起こることを。たとえばどんな？　質問は無しだ、と彼は私を叱った。

背を向けたとき、枯れ枝を踏みつけ、それでカップルに気づかれた。いや違う、とドン・フアンは訂正した。二人を慌てて振り向かせたのは、木の枝のぱきぱき折れる音ではなくて、観察者のため息だったのだ。落胆のため息？　質問はやめろったら。いずれにせよ、私は、ドン・フアンのつくようなため息を、他の人間から聞いたためしはまずない。そのため息を、彼が物語りをしている間にも、静かにただすわっているときも、一週間のあいだ、たえず聞かされた。それは老爺のため息であると同時に、子供のため息でもあった。それはまったく静かな、繊細なものでありながら、どんな騒音も通して迫ってくるのだった。最近になってロドン谷に姿を現した、出来たての高速道から時々聞こえてくる騒音もあれば、七日間というもの、聖霊降臨祭作戦のリズムを私たちの頭に響かせた爆撃機の爆音もあったが、そういう騒音にため息がかき消されることはなかった。私には、ドン・ファンのため息は、たんにドン・ファン一人に対するものに留まらない、信頼のようなものを与えてくれた。

ところが、愛し合うカップルにとっては、このため息は、裏切りのように聞こえたのだ。だれかが彼らのことを見ていたということに怒ったのではない。二人が服《ユニフォーム》を急いで身につけ、彼に向かって走ってきたのは、この観客が、二人がたった今体験し、もしかすると彼らにとっては今も目に見えない形で残っているものに対して、そのため息によってケチをつけてしまったからなのだ。いつもながら――状況はつねに違うのだが、いつもながら――、ドン・ファンは逃げたくはなかった。逃げるべきではない。逃げてはならない。そして結局いつもながら、他にどうしようもなかった。逃げなければならなかったのだ。

あたりの地形から言えば、彼のほうに利があった。彼は徒歩で、小川も下生えの薮も、突っ切って歩いていくことができた。オートバイの二人のほうは、野道や数少ない橋を迂回しなければならない。ドン・ファンは、逃げながら、しばしの間、休憩を取りさえした。

ときに後ろ向きに歩きもしたのは、彼自身の身に染み付いた動き方から来ているのであって、少なくとも決して追っ手をおちょくるためなどではなかった。とは言っても、それは追っ手を明らかに刺激したようで、彼らは結局、最初の印象の通り大胆に、あらゆる障害を乗り越えて迫ってきた。ぴたりと後に附いてこられて、彼もしまいには大慌てで逃げ出さなければならなかった。そのとき、追っ手が叫ぶ。もっとも、それはどちらかというと単なる呼びかけ、ほとんど友好的な呼びかけのようだった。ドン・フアンはもしかしたらただ立ち止まって釈明すべきだったのかもしれない。ただ、彼らに言うべきことなどまだ何もなかった。ようやく一週間後、あいかわらず私の庭で、出発の日、彼は遠くからあのカップルに向かって、幸運と、生涯にわたって思いがけぬ驚きに恵まれるよう、祈ってやることができたのだった。

ポール・ロワイヤル・デ・シャンに到着した日の晩、ドン・フアンは、自分の本来の物語も、一週間前のことから始めた。ちょうど一週間前の同じ曜日のことから。彼はそのときまだグルジアのトビリシにいた。自分の全生涯を開陳してみせるわけでも、あるいは去年のことを語ってみせるのでもなく、過ぎ去ったばかりの七日間のことを、それからの一週間、日ごとに語っていった。たとえばこの月曜には、ちょうど一週間前の月曜のことを思い出した。振り返って考えるなかで、それはたとえば前の火曜のことや、一か月前の月曜のことなどとは比べものにならないほどくっきりと、それでいてごく自然に、穏やかに、蘇った。「一週間前の月曜」、そう語り始めるだけで、さまざまな映像、その日一日の映像がおのずと浮かんできた。ちょうど七日前の日の、そのときには見えていなかった映像が、目覚め、立ち現れ、そしてそれぞれの場を占め、順序正しく並ぶ。静かに、無理矢理引きずり出すまでもなく、声となっていく記憶。そこになにかリズムがあるとすれば、たがいに重なり合うことのない、坦々と並んでいくリズム。小さなものも大きなものも等しく。いや、もはや大きなものも小さなものもない。

そういう形になった。そんなふうに、私はドン・フアンが自分の一週間を語るのを聴いた。その語り方は、日ごとに違う土地にいたことからも来ていたのかもしれない。まる一週間、彼はたえず旅をしていたのだ。ドン・フアンはどこかに定住するような質《たち》ではなかった。どこかに定住したドン・フアンなど、仮に同じような出来事に出会っていたとしても、自分の七日間について語ることはできなかっただろう。少なくともこのような形では。そんなふうに一週間を語ることは、ある一日について、あるいはある一年について語るよりも、このドン・フアンのような人間にはふさわしかったと言えるかもしれない。それはまた私にとってもちょうどよかった。その上またそれは、戦争ではないにしても、あやうく揺らぐ平和の中に生きている誰彼にとってもふさわしかった。

自分の一週間の七つの滞在地が言葉になることで、ドン・フアンはそれらを理解し、掴まえた。そして彼の物語にはきわどい細部というものはまったくなかった。そういうものは、避けたのではなくて、ことのはじめから彼の視野には入っていなかった。そういう話にならないのは当然のことだった。「きわどい細部」は語るべきものではなかった。そもそも存在しなかったのだ。私自身、そんなものは端《はな》から聴きたいと思っていなかった。そういうもの抜きでこそ、ドン・フアンの冒険——それは私から見てあくまでも冒険だった——は、ドン・フアンという人物を超え出ていくように見えた。一週間前のことに遡るつど、いろいろな細部が出てくることは出てきた。ただそれは別の細部、違ったふうに冒険的な細部だった。

ドン・ファンは、私の庭にすわり、私に、そして同時に自分自身に向かって語っていたこの七日の間、私に対しては何者か、どこから来たのか、どうやって暮らしているのかとは一度も尋ねなかった。それが私にはよかった。というのも、その前の数か月、私のところに定期的にやって来ていた唯一の訪問者と言えばサン・ランベール・デュ・ボワの司祭だったが、自分こそが唯一私に残された人物、最後の人物だということを感じさせて、私の状況をただよけいに堪え難いものにしていたからだ。司祭がやってきて初めて自分が一人でいることに気づかされることも少なくなかったし、それから彼が去ったあと、孤独が私を嘖《さいな》みに嘖んだ。そして自分が地域の瀕死の病人たちの一人のように見えた。坊主はそういう病人たちのところを片手間に巡回していて、それが彼の主な仕事になってしまっていたのだが、あるとき、「ああ、私のところの死にかけの人たち！」、そう口を滑らせた。

私は料理し、ドン・フアンは語った。そのうち、庭のテーブルで一緒に食事をするようになった。私の厨房が生命を取り戻す。少なくとも私にとって、だれかがやる気いっぱいにありとあらゆる食材を扱うキッチンほど力強いものはない。料理をしながら、私は思わず以前のように片足で立ったり、とにかくコーナーからコーナーへぴょんぴょん跳んだりしていた。そして昔の習慣のままに、以前に料理用エプロンでやっていたように、ズボンの上に垂らしたシャツの裾で手をぬぐった。その間、わが一週間の賓客は少しも手を出さなかった。彼は後ろから前から人に仕えられることに慣れていたのだ。私は、彼の従者がどこにいるのかなどということはもちろん尋ねなかった。きっと話の中のしかるべきところでちゃんと登場することだろうと思い、事実その通りになった。ドン・フアンは指一本たりとも動かしていないように見えた。それでいて、私は、厨房に入るたび、毎日、新たな食材を発見することになった。それもただの食材や添え物ではない。袋入りの四川産の花山椒、炭のように真っ黒なトルコ産の晩春のトリュフ、マンチャ産の羊乳のチーズひとかたまり、まるで自分で集めたような一掴《つか》みのブラジル産のワイルドドライス、カップ一杯のダマスカス産のヒヨコ豆のピューレ。何の荷物も持たずに舞い込んできたはずなのに。

この一週間というもの、私は大市に行く必要がなかった。大市にはとうに飽いていた。

だからと言って、私たちがずっと家や庭から出ずにいたわけではない。夕食が唯一きちんとした食事だったが、ドン・フアンは晩、その夕食が済んでからでなければ物語を始めなかった。でも、五月のことで、私たちが夕食後テレビで見ていた最後のニュースの時間のころまで、外は明るかった。それほどにポール・ロワイヤルは西に位置しているということだ。それで日中は私たちはあたりを歩き回った。樹々に覆われたいく筋もの小川の谷や新市街の台地。野を横切ってランブイエの城館まで行くと、公園からなぜか数頭の犬が私たちに向かってけしかけられたように飛び出してきた。もちろんお目当てはただドン・フアンのみだった。二日目には反対に東の方へと歩き、サクレーの台地に向かうと、原子力発電所を警察車両や消防車や救急車が取り囲み、台地いっぱいにたえず鋭い警報音が鳴り響いていた。同時に、私たちは、足下の地面の穴で二匹のとかげがじっと番《つが》っているのを見、空には二羽のかげろうが絡み合ったままよろよろ飛んでいるのを見た。また三日目には、私たちは北に向かい、伝説に彩られたビエーヴルの泉に向かったが、泉は見つけることができなかった。泉の少し手前で、泉を記念して最近人工的に造られた迷路で迷ってしまったからだ（一番大きな水源は、見つけおおせた人にあとから聞いたところでは、整備されて噴水になってしまったということだった）。四日目には、郊外バスでトラップの「ジャン・ルノワール」の名を冠した映画館に行って、映画を観た。女が男に、自分にすべてを捧げて一緒に死ぬようにそそのかしていく話で、一シーンごとに男は心をそそられ、しまいには避けがたくなり、それが男にとっても女にとっても終わりを意味するのだった。五日目、私たちはロドンの谷底からサン・レミ・レ・シュヴルーズへの街道に上がる短い道を登り、いつもは通り過ぎていくローカル・バスが停留所に停まっているのを見た。六日目、私たちはわが宿に留まって、宿を封鎖し、一部にはバリケードを築かなければならなかった。攻囲軍が近づいてきていたからだ。ドン・ファンを目がけた女たちだ。物語の夕べの、その最後の二晩はせまりくる危機の徴《しるし》のもとで過ごすことになった。

ドン・ファンの一週間前の第一日の物語は、おおよそ次のようなものだった。彼は朝、モスクワからカフカスを越える飛行機で、トビリシに到着した。カフカスの山頂にはまだ雪が残り、谷深くまでも達していた。そのぶん、大きく延び広がる中間地帯のような、ほとんどなにもない土地のような南側の裾野には、それだけ生き生きと〈南〉の印象があった。ドン・フアンは飛行機の中で短時間眠り込んだ。目が覚めてみると、まわりの乗客もみな、大きな口を開けて、眠りに沈んでいた。よくあることだが、彼は自分の城の夢を見ていた。彼が帰ってみると、城の中にはこれでもかというほど見知らぬ侵入者がうようよしていて、所有者にはお構いなしに、大声を上げつつ闊歩していた。実際には、彼は城どころか家も持っていなかったし、帰っていくべきものも人も、はるか以前からなくなっていた。

ドン・フアンは孤児だった。それも、何かの比喩としてではなく。何年も前に自分にもっとも近しい人間を失っていた。それは父親でも母親でもなく、少なくとも私が思ったのは、子供だった。彼の唯一の。つまり、自分の子供の死によっても、人は孤児になるわけだ。それもこの上ない孤児に。それとも、あるいは妻に、唯一愛した妻に、死なれたのか？

グルジアへ旅立つにあたっては、どこへ行くときでも同じように、特別な目的地はなかった。彼を駆り立てていたのは、ほかでもない、彼の絶望と哀しみだった。哀しみを携えて世界の中を動き、世界にその哀しみを伝染《うつ》すこと。ドン・ファアンは自分の力である哀しみに一身を捧げていた。哀しみは彼を超え、彼を上回っていた。まるで——いや、これは単なる比喩ではない——哀しみによって武装していて、自分が決して不死ではないが、傷つくことはないことが分かっていた。哀しみは、彼を抑えがたい人物にもすれば、その対抗の一手として（あるいは一手に次ぐ一手として）、彼を、何が起ころうとそれを完全に透過させ、受け入れられる人物にもし、同時に必要に応じて透明にもした。哀しみは、旅の糧食の役割を果たした。あらゆる点で彼は哀しみによって養われていた。哀しみのおかげで、もはやどんなたいした欲求も持たなくなっていた。欲求というものが、さしあたり、まるで起こらなくなっていた。ただ、こんなふうに哀しみの中でこそ理想の地上の生活が可能になるのであり、それはほかの人間にも当てはまるのだ（先に「哀しみを世界に伝染《うつ》す」と言っていたことに注意しよう）、という考えを、くりかえし振り払う必要があった。彼の哀しみは、単なる挿話的なものではなく、根本からのものであり、一つの仕事なのだった。

何年も前から、ドン・フアンは誰ともつきあいを持たなかった。せいぜいが偶然生まれた旅の知り合い、それも同行する道が終わったとたんにさっさと忘れてしまった。旅で知り合ったそういう人々の中には当然のこと醜からぬ女たちも少なからずいた。（とは言っても、まるで、時代とともに、真に美しい人は路上であれ、広場であれ、旅であれ、表《おもて》を出歩くことが稀になってきているように思われた。まるで家のどこか奥のほうに隠れているか、旅に出るにしても深夜に間道を抜けて旅しているかのようだった。）しかしそうした女たちは、ドン・フアンがそもそも女たちの前に姿を見せさえすれば、彼に惹かれ、とりわけ彼の強い哀しみの放射――それは女たちにとって力にほかならない――に惹かれるものの、いつでも最初の小さな一歩や言葉のあとで、彼から離れていった。ドン・フアンが答えを返すことも、どっちみちなかった。そういう女たちに対して彼は、少なくとも一人の人間、女である人間として対する耳も目も持たなかった。とにかく彼はしゃべることを避けていたし、会話といったようなもののために口を開いたりしないように気をつけていた。まるで、沈黙をやめてしまえば、彼の力も失われ、旅の身の上を裏切ってしまうことになることになるとでもいうように。これほどの孤児となる以前の前半生のあいだ、ドン・ファアンの振舞いはまったく違っていたのだが。

それから、トビリシに着陸するときになって、おのずと目的地が浮かんできた。どちらかというと、どこでもいいどこかにとりあえず到着するそのとき、目的地が思い浮かぶ、というのがほぼいつものことだった。たった今上空を飛んできた、国いっぱいの幅にひろがるカフカスの山麓に向かおう。それも空港からまっすぐ。大きなトビリシの街へは、そのあと晩になって戻ってくればいい。あるいはもっと後でも。自分は自分の時間の主《あるじ》なのだ。そうすれば、トビリシの街もまずは以前の他の街と同じように見えもすることだろうが——今ではどこへ行ってもそうなのだ——だが、その後になって、やっぱり特別なただ一つの街としての姿を現してくるだろうことは分かっていた。今どきの街の見慣れない部分、特異な面は、あからさまに見えることはない。それは探り出さなければならないのだ。そしてそれこそがドン・ファアンの冒険なるものの一部を成していた。山麓に行こうと思いついたのは――それは思いつき以外のなにものでもなかった――、到着ロビー（すでに「到着バラック」ではなくなっていて、今では鶏や兎の籠を抱えた乗客もいなかった）で大きな「ローマ」字の下に小さく書かれたグルジア文字を目にしたときだった。その濃密でリズミカルで丸い文字は、ドン・フアンにとっては、カフカスの麓の丘の連なりを反復しているのだった。あそこに行くしかない。新たな哀しみのエネルギー、周囲を新たにする哀しみのエネルギーをもって。

喪に服す前、ドン・フアンにとって、人から仕えられるのは、まったく当たり前のことだった。新しく知り合った者は誰もが、即座に、自分がいわば全世界にひろがる彼の下僕集団の一部になったことに気づく。ご主人様から、やぶから棒に、本や薬や前の逗留地に忘れたものを取りに行かされる。そのうえそれは命令ですらある必要はなく、ただ「××に帽子を忘れてきてしまった」といった言葉が呟かれるだけで足りた。（命令もしなければ、頼むということもドン・フアンは一切しなかった。彼の事実の確認に、人はただ従わなければならなかったのだ。）逆にまたドン・フアン自身が相手に対して、知人に対してのみならず見知らぬ者に対しても、僕《しもべ》となることができた。それもどれほど仕えたことか。どれほど進んで仕えたことか。いつだって言葉は要らず、また促されるまでもなく、何かを調達し、助けに駆けつけ、支援してやるのだった。目立たず、いかにも仕えるという身振りもなく、いったん、ほんの通りすがりのように仕えると、すぐにまた匿名になった。援助者としての彼自身が、何か匿名的なものを手に入れた。そして彼の束の間の奉仕や助力には、その都度、された側は、気づいても驚かなかった。いやむしろほとんど気づかれず、また同様に感謝も返礼もされなかった。それでいて、彼は、そんなふうに助力した相手には、影響を与えていた。彼は無言の奉仕者以上のものだった。はるかに以上の。

カフカス山麓への移動のために、ドン・フアンは久しぶりに従者を得た。とにかく彼は運転手を途端にそういうふうに扱い、運転手のほうも仕方なく従うどころかそれを待っていたようにさえ見えた。運転手は飛行場の端に、自分の古いロシア車の傍らに立っていて、まだドン・フアンがずっと遠くにいるうちから、ドン・フアンのために、彼だけのために、ドアをというか扉を開けて待っていた。暗黙のうちに、二人の間には契約が結ばれた。そしてその契約は一日契約を超えて、さしあたりいつ終わるとも分からない、どれほどの長さにわたるか分からない契約だった。この男には、雇われたばかりの従者というよりは、長年馴染みの相棒のようなところがあった。――これもまた、ドン・ファアンと見知らぬ者たちとの間にはしばしば、直ちに、輝き出す、独特の旧知の感覚の現象だった。もっとも、女たちの場合、男たちとはまたまったく違うのだが。ドン・フアンが言葉を交わした――交わしたとしても世界中どこでも聞かれる決まり文句だけだったが――相棒にして同行者は、優に一週間分の糧食と燃料を積んでいた。そしてこの新たな従者の衣装は主人のものよりもずっとエレガントで、ダブルのダークスーツに花のように白いポケッチーフを飾り、その左右には一つずつ、小さな色とりどりの五月の花のブーケがささっていた。そのかおりが、車じゅうに漂っていた。いや、従者の使っていた、不思議に繊細な香水のかおりだったかもしれない。従者は、見るからに、何か特別な祝いのために、そんなふうに着飾っていた。

自分の子供を失って以来初めて、ドン・フアンは、絶望というか慰めのなさの安らぎから、総じてどんなことへのかかわりも免れた状態から、引きずり出されたような気がした。飛行機の中で短い夢から目覚めたときすでに、落ち着かなさが戻ってきていた。なじみの深い、いやというほど知悉した落ち着かなさ。それは彼が次第次第に自分の時間の主《あるじ》ではなくなっていくというかたちで表れた。あるいは、時間はもはや魚にとっての水のような、彼にとっての領域ではなかった。あるいは、瞬間というものが、一秒ごとに、跳ね回るようにくるくる変わった。何かを見たり、聞いたり、呼吸したりするかわりに、数をかぞえはじめた。それも秒数をかぞえるのみならず、あらゆるものを、しかも機械的、自動的に、彼という自動計数器——いまの彼はそういうものでしかなかった——の目の前に現れるものを数えていた。飛行機の座席の列、自分の靴の紐穴の数、隣の乗客の眉の毛の一本一本。知らず知らず退屈していたというのではない。もっと深刻だった。ドン・ファンは、あんなにも目立たず親しかった時間のゲームから脱落してしまったのだ。いや、もしかしたらそれこそが退屈のもっとも重篤《じゅうとく》な症状だったのかもしれない。そんな数かぞえも、これまでは、誰かと手を結べば、終わるものと期待できた。決心して誰かと手を結べばいいのだ、少なくともしばらくの間。決然と、独りでいることを捨てればいいのだ。そして荷物でいっぱいの狭い車の同乗者となった今がまたそうだった。

いまだほとんど初春の涼しさのロシア――掻き集められた最後の雪の山が、表面は灰色に汚れて砂と見まがうばかりとなり、裏庭のさらに奥に残っている――から来ると、ぬるい南カフカスの空気は暖かくさえ感じられた。暖かさそのものだった。太陽が輝いていた。車に乗った二人は、走っていくにつれて背中に太陽の光を浴び、眼前の緩やかに標高を上げていく山麓のあたりは、たとえば紙粘土で作ったミニチュア模型でしかありえないほどくっきりとした起伏を見せていた。もちろん、ここにあるのは、紙粘土のようにぺたぺたしたものでも、空洞のフォルムでもない。固く目の詰んだもの、重いもの、容易に引き裂けないほど絡み合ったもの。粘土が泥灰岩と、泥灰岩が岩と、岩が直根と、直根が網根と絡み合っている。硫黄色が赤レンガ色と、赤レンガ色が塩のような灰色と、塩のような灰色が炭のような黒と、絡み合っている。砂地でさえ、柔らかくも緩くもなく、モルタルで固められたよう、固く焼かれたようだった。一掴み掬《すく》ってみようとしたりすれば、たちまち爪に血がにじみ、指先には砂が付くと思いきや砂粒一つ残らない。ところどころはまったく植物がなく（一見して砂地のような風景は、丸裸で白い砂丘のようだ）、たびたび、それも毎回違う方向から、唐突に、強い風が吹いてきていたにもかかわらず、砂ぼこりが舞うこともなかった。五官をまとめて誘《いざな》うように見える山麓のテラス状の一帯は、近づいてみれば文字通りはじき返すような、近寄りがたいものなのだった。それはまるで磁力のように内側へと招き寄せながら、行ってみれば内側などというものはないのだ。一週間前そこに到着したときドン・フアンが思い出したのは、アメリカのサウスダコタのいわゆる「バッドランド」だった。どこまでも広がる泥灰岩の土地の、幅広く深い地溝の網。地溝の一つ一つが、どこまでも続く谷を予感させながら、実際には一つとしてどこにも通じていない。それらはひび割れた裸の泥の壁に突き当たるか、何千年もの間干上がったままの痩せた峡谷に終わっていた。だが一週間を隔てて私に語っていたとき、彼にはカフカスの裾の土地はその逆に思えた。有名どころか世界的に知られたバッドランドは遠く退き、色褪せて、このほとんど無名の、ほとんど訪れる人のない土地の前段階か草案のように、さらにはその出来の悪い模造品のように思えた。初めは模範的な例に思えたバッドランドの谷よりも、この土地のほうが、はるかにどっしりとしていたような気がした。それはとにかくそこにあった。それに対して散々映画に使われてきたバッドランドのほうは……。しかしそもそもなぜドン・フアンは、自分の物語の中で、この風景についてこれほど長々と語ったのか。それはこれに続いた日々の六つの風景が、どこかしらこの風景に似ていたからだ。毎日毎日、彼は新たな、しばしば遠く隔たった土地に踏み入った。それでいて、その日その日の出来事の舞台となった風景は、毎回、おおよそのところ同じであるか、同じになった。だから物語の中で、この後の逗留地については、行動の（あるいは行動しなかったことの）舞台となった土地の輪郭を描く作業を、省略することができる。

カフカスの南麓は、その朝、人気《ひとけ》がないどころではなかった。思い返すに、街道脇には人また人。彼が私に語り描いて見せたところでは、人々はみな徒歩で移動しており、道路という道路で唯一の車は彼の従者が運転する車だった。オリエント？　そんなところはみじんもなかった。服装もしぐさも、匂いですら、東はとうに西であり、西はとうに東になっている……。七日の間で、唯一あるいは特異なものと言えたのは絶えずそよぐ五月の風と、その下を、上を、間をふわふわと飛んでいくポプラの綿毛。

ドン・フアンには、道路脇を歩いていく人間は、だれも、一人行く者には見えなかった。彼が出くわしたのはひたすら集団だけ、どれも小さな集団だったが、その数は無数だった。車に乗り込むときに数をかぞえるのをやめていなかったとすれば、遅くともこの多様な行列というか民族移動を目にしたときまでにはやめていたはずだ。

運転手はある結婚式に行くところだ。そしてドン・フアンにも列席してもらわなければ。招待がなくたって、もちろんお客さんの一人だ。ここ数年、彼は見知らぬ人々の祭典に、見知らぬ人々の祭典だけに、出ることが多くなっていた。もっとも、カフカスでのこの日にいたるまでは、もっぱら葬式ばかりだった。埋葬のときだけ、人々の列にすっと入り込むことが可能だった。たとえば洗礼式なら、教会の一角かどこか、その場は閉じたグループだけのものと決まっていた。教会全体が彼らのためだけにリザーブされていることもあった。だが、その後、教会の外で、遠くから、受洗者の髪か頭皮が濡れているのを感じ取る。あるいは、初聖体拝領を受けた女の子の花冠が儀式のあとで陽に照らされてかたまって立ち、アイスクリームをなめているのを見る。それはそれで何ものかだった。

行程の最後の部分、結婚式の行われる村の手前で、ドン・フアンは同乗者から運転手に変わった。彼の従者は、主人に道を告げると、後部座席のガソリン缶とカゴの間に横になり、まもなく眠り込んだ。一人で、道連れもないとき、人は周りの世界から、より多くのもの、少なくともより徴《しるし》めいたものを受け取ることができるものだが、道連れに眠る男がいれば、そうやって受け止めたものが、自分にとってさらに深まっていく。道連れの男が、引っ掻き傷だらけの顔をしたこの新たな知人のように、気楽に一心にまどろんでいるとなればなおさらだ。（私は、ドン・フアンが自分の物語の中で非常にしばしば「私は」と言うかわりに「人は」という言い方をすることに気づいていた。まるで、自分の体験が普遍的なもの、だれにでも当てはまるものであることは言うまでもないと言わんばかりに。願わくば、私の人生の浮き沈み、近ごろでは浮き沈みというよりただの出来事ばかりだが、そういう人生の出来事も、普遍的であってほしいものだ。）

数年前から、彼は人々を目にし、その姿を心に留めることを厭いはしなかった。ただ、彼がおもに目を留めるのは、非常に年老いた者か、非常に若い者、子供たち、だった。その間に挟まる群れ、どうやらますます支配力を強めている多数派は、目に入らなかった。そういう連中は存在しない。そういう連中は無効だ。逆にそれだけ熱心に、なんらか衰えた者、かつ／または無防備な者たちの姿を、ドン・ファンは求めた。そういう者たちに気づき、しかるべき眼差しを向けてやることは、彼にとっては、何らかの自然に浸ることとは違ったこと、それ以上のことだった。そして逆に、ひと目、しかるべき眼差しを向けてやることは、まずまちがいなく、こうした老人たちや小さな者たちに、生気を与える稲妻のような効果を持った。そして不思議なことに、最高齢の老人たちが、いったん眼差しを向けられると、ぱっと輝き、思いがけず子供のような印象を生み出す。そして小さな子供、ほんとうに小さな子供でも、年老いたというのではない、成熟した、それこそ哲学者のような姿を見せた。小さければ小さいほど、思慮深く、哲学的に見えた。この二つのどちらかの「人種」だけが、ドン・ファンにとっては、顔を持つ人々であり、かつそれは次第に消えゆくマイノリティのように思えた。

それがいま、少し変わりはじめているかなと思えたのは、後ろで寝ている男がどうだからということではなかったし、カーブの一つを曲がったときに突然視界に入った、目を見開いて血の海の中に寝ていた死体のせいでも、とりたてて、なかった（いや、そうだったのかもしれない）。きっかけが何だったにせよ、ドン・フアンは、ドライブの間に、次第に人々の顔に目を向けるようになった。それもあらゆる年齢の人々の。老人でも子供でもない中間の年代の人々は、とりわけ最近は中身も形もないように思えていたのだったが、そういう人たちにも目を向けることができるようになっていた。表情というよりは眼だった。街道の道路脇を、聖体行列のいくつもの小集団のように延々と、のろのろと、歩いて行く者たちに表情を与えていたのは、形より色彩だった。これもまた新たな時代の徴《しるし》——このカフカスの奥で、人々の眼は、一様にたとえば褐色や黒なのではなかった。同じくらい、緑色の眼も混じる。青、明るい灰色、暗い灰色。たとえその表情が、疲労や絶望、怒り、憎しみ、ことによると殺意でゆがんでいたとしても、たとえその眼差しが悪意をたたえていても上《うわ》の空でも高慢でも単純に愚鈍でも、その色自体をしっかりと捉え、一つまた一つと色が現れ出るのを捉えていくなら、目の色からなる一連の流れが生まれていく。それが良かった。歩いてゆく人々は例外なく、まるで虚空を眺めているかのようにどこかあらぬほうを見ていたがために、この連続の中で、そのさまざまな色は今度は一つの脈動を生み出した。誰かに、何ものかに向かっていく脈動。人はよく見知らぬ子供たちの頭を通りすがりに撫でたくなることがある（そして人はときには実際に撫でた）。また路上の老人の肩にそっと腕を回したくなる（これは人はまだ一度も実際にはやっていなかった）。それと同じように、これらの眼を、眼球を、そう、そのすべてを指先で撫で、唇で触れたいと思った。その色彩は、なにかそういうことを待っていたのだ（「人は」だ）。ドン・フアンは彼らの脇を車で走っていたのだが、一週間後に思い返してみると、そのときの自分が徒歩で動いていたような気がした。とてもゆっくりした歩行。

そして、花嫁と視線を交わし始めたのは彼のほうからではなかった。彼女のほうが真っ先に彼に目を向けた。それは広間でのことだったが、七日後の彼にはその若い女が屋根のないところに、広い空の下に、いたように思えた。婚礼の客は一つの長い宴席にすわり、彼と同じように舞い込んできた決して少なからぬ客に対しては、無造作に、二三の小卓があてがわれた。ドン・フアンには広間の一番遠い隅に、一番小さなテーブルが与えられたが、だからといってぞんざいに扱われたわけではなかった。むしろそれはもてなしの精神と「見る」こととの協同作業で、彼に自分一人のためのテーブルがあって、広間全体を、窓の向こうの村の風景とともに見渡すことができるというのも、その不可欠の一部だった。彼の従者はどうやらこの一族の一員らしく、中央の宴席にすわっていたが、再三やって来ては、ホール係に代わって、自分の主人のための給仕役を引き受けた。

ドン・フアンは、花嫁の眼差しにどれほど驚いたかと私に語った。それはなにも特別な視線ではなく、ただ伏せていた目を上げただけのことだった。なんとも美しい眼。そして彼女は、何も付け加えず、この美しい眼を単に彼に向けるだけで、この上ない秋波を送った。そして彼の、ドン・フアンの驚きには、少しの不快も混じっていなかった。それは突然の、けれども静かな目覚め、何年にもわたる眠りからの、永いうたた寝からの目覚めだった。静寂。頭の中で絶えず続いていた独り言のつぶやきがぱたりと止んだからだ。自分の額の前が開けた。だがそれでも、最初は混乱と闘わなければならなかった。彼は決然と立ち上がり……大股に彼女に近づいていった?――いや、広間から出ていったのだ。

だが、決意はすぐに固まった。もう後戻りはできない。逃げることはドン・ファアンにとって論外だった。あの初めて見た女のところに行かなければならない。それが義務だ（彼は聴き手の私の前で「義務」という言葉をやたらに使ったりはしなかったが、この言葉はしばしば彼の物語の背後に響いていた）。彼の人生の一つの時代が遅くともこの日の晩、終わることだろう。そしてドン・ファアンにはこれまでが事実一つの時代に見えていた。カフカスのその村はほとんど裸の岩の丘の上にあった。その丘を次第に大きな円弧を描きながら横断し、それからさらに回り道に継ぐ回り道を重ねて、外の牧草地、休耕地に出ていきつつ、さまざまな、言うところの小さなもの、些細なもの、彼にとっての一時代にわたって他の何よりも誰よりも「世界」を意味していたものを、いつまでかは分からない、当分のあいだ、これが最後だと思ってしっかり見、受け止めた。女というものは、無数の日常の些細なものを、些細なだけに豊かなものを、押しやって、そういうものには生息の余地は残さないのだ。以前のとうに無効になった過去にそうだったのと同じように、今回もおそらく。呪いとしての女？　不毛の呪いとしての？

そのときのドン・フアンにはまだ分かっていなかったが、少なくともこの点に関して、今回は、彼は間違っていた。どちらかというと自分自身を見くびっていたのだ。それで、円弧を描いて戻りながら、さまざまなものに別れを告げた。北方の高みの雪の野――それもこれからやってくる期間、あるいは永遠に、彼にとっていかなる現実性も持たなくなることだろう。茨《いばら》の茂みにひゅうという音を立てる風――繁みたちよ、今一度僕のためにそいつを演奏してくれないか。向こうをゆく葬列。棺の後ろに従うのはたった二三人の、どちらかと言えば老人たちと、子供一人だけ。背後では、結婚式の音楽が、最初のうちの民族音楽から、この大陸のどこでも聞けるような曲に変わる――今少し、ほんの少し、哀しみにひたっているあなたがたのもとに留まろう。レーム土の黄色と泥灰岩の赤色よ、さらば。エニシダの唇形の花とアリの行列よ、達者でいてくれ。牧草地の垣根にひっかかったひとかたまりの羊の毛よ、永遠にさようなら。

こうしてこれまでの時代を喚び起こそうとする彼の努力には、もはや効果はなかった。別の時代、女の時代が、彼の身にしみわたってきていた。それが発効したというか力を及ぼし始めたのは、ドン・フアンが自分のちっぽけなテーブルから立ち上がり、引き下がって戸外に出たときからだ。そして彼はこの別の時代を、まもなく、すっかり受け入れていた。確かにそれは「危険！」を意味していたが、それが彼を熱くした。久しぶりのことだ。

帰り道、行きあった村の犬は脇によけた。村の猫が一匹、山猫であってもおかしくなかったが、茂みの中で仰向けに転げ回ると、それからひっきりなしに彼の足の間に体をこすりつけてきた。大きな黒い甲虫が唸りを上げて飛んできた。その唸りは轟音のようになり、虫は彼を攻撃してきた。いや、少なくとも、体当たりするかのようなフェイントを仕掛けてきた。ドン・フアンはずっと以前から、小動物たちを、なにかメッセンジャーのように思っていた。そのメッセージの中身を知ることはできなかったし、知りたいとも思わなかったが。そして彼らにはえり抜きの丁重さで対した。豚たちに、ロバたちに、村の水のない貯水池の鴨たちに、貴顕諸氏に対するような言葉、省略のない、持って回った、古めかしい、しかし現在の言葉を向けた。真剣にならざるを得ない事態になると、彼はいつでも、そんなふうにしゃべり始めるのだ。静けさの中では自分自身に対しての独り言ですら。

それにしても、一人でうろついていたあの長い時代はやっぱりよかった。友人もなく、敵もなかった。誰も害しはしなかった。誰にも何も約束しなかった。誰にも何の義務も負わなかった。それが今や義務を負っていた。そしていずれ近いうちに、傷つけたり、それどころかひょっとしたら滅ぼしたりすることになるだろう。ドン・ファアンには分かっていた。女のもとに身をかがめながら、同時に敵の出現も予期しなければならないし（ただしこの敵ということで彼が言っていたのは花婿のことでも、花嫁の父や男兄弟のことでもなかった）、予め、自分自身に、少なくとも自分自身の一部に、一種の敵、もっとも冷酷で悪意に充ちた類いの敵を見ていた。どうしたものか。戻っていけば、彼は詐欺師、ペテン師になる。女に近づいていけば、その結果彼女は――ドン・ファアンには分かっていた――不可避的に、いずれ彼に捨てられた女という役割を演じることになり、たとえ頭の中でだけのことであっても、いやそれだからこそ遠くから思えばいっそうこたえるのだが、復讐者となるのだ。一人でいるのはよかった。と同時にそれは恐ろしくて、つまらなくて、滑稽だったと言ってもいい。来るべきものが来るだけのことだ。確かなことは、彼を望んでいる彼女を、この今、避けていくことは、また特別な遺棄になるということだ。特別に臆病で不名誉な形で捨てるということだ。

結婚式の宴の広間への入り口で、ドン・ファアンは庭の唯一の樹の葉で、丁寧に靴を拭った。手には一掴みの野生のタイムを擦り込んだ。何度もたてつづけに眼を開いては閉じ、古い映画の主人公がシェーブローションを付けたときにやるように、両頬をリズミカルに叩いた。中では、しばらくの間黙り込んでいたダンス曲がふたたび始まった。それに合わせて旋回するではなく、片足で立って、肩越しに、戸外の、空を見上げた。同時に、死んだ子供のことが思い出されてこの上なく胸が締めつけられて、その空は、これまでのどんな空よりも広やかに見えた。空というものが、しかるべきときに見上げれば、どれほど実り豊かな、比べるもののないほど手応えと奥行きのあるものに見えることか。相変わらず、これほど広やかに奥行きのあるモノ、これほど手応え確かな空間はない。そしてそれも今、ひとまずは終わりだ。陽の当たる通りから自分の薄暗い工房に丸一日入っていく靴職人や、自分の鉱山の中に何シフトにもわたって入っていく坑夫にも似ていなくもない足取りで、ドン・ファアンは敷居を踏み越え、宴の間に戻っていった。とにかく、このときのことを語りながら、彼に思い浮かんでいたのはそんなイメージだった。

先ほどまでは、花嫁のほか、広間の中のあれこれの男たちも目に入っていた。たとえば彼の従者が列席者のなかでももっとも醜い女といちゃつき、この上ない美人に対するように笑いかけている姿。とりわけ若い男たちがただ一つ開いた窓のところへたえず行っては、外に、カフカスに向かって、つばを吐いている姿。それはまるで古くからの結婚式のしきたりのようだった。隣村の正教の司祭が祝宴に到着したときの姿。司祭はいくつもの丘を越え、岩の狭間を通って徒歩でやってきたのだった。床まで届く黒い司祭服は、ひざ上まで泥とエニシダの花粉で黄色く染まっていた。戸口に立って、右手の指を持ち上げ、垂直に、そして水平に動かし、列席者全員に神の祝福を与える。その時の彼の深く日に焼けた顔は、汗も浮かべず、輝いて見えた。そして唇の間から突き出している、何か細長い、白っぽい、とがったもの――それは、爪楊枝だった。宴の客の全員が、老いさらばえた者や、子供――これはそもそもじっとすわっていればということだが――まで含めて、スピーチの順番が回ってくると、立ち上がる。立ち上がり方もそれぞれで、そしてそれぞれのスピーチで誰のことが言われているのか、皆がじっと耳を傾けるのだった。その間、スピーチの声以外は、ああ、なんと静かなのだろうと思えた。

しかし今はもうあの女以外はなかった。脇の花婿は、前からほとんど存在しないに等しく、たかだかシルエットのようなものだった。いや、シルエットですらない、ただの肩、シャツの白さ、口ひげ。もはや花婿はまったくどうでもよかった。彼は取り換え可能であって、当座の空所ふさぎや代理ですらなかった。解くべき課題の中では無視してかまわない誤差のようなものだった。この課題で問題になるのは二つの与件のみだ。彼、ドン・ファンと、彼女、花嫁。花嫁？　そこにすわっているのはもはや花嫁ではなく、ただその女だった。そしてこの女は、このあと一週間のうちに、どのようにであれ、彼のものとなった女たちすべてと同じように、当然ながら、曰く言い難く美しかった。

彼は語り続けた。戸口に立った彼の目には、彼女が、望遠鏡を通して見るように、近く、大きく、なにより彼女だけが、見えていた。それはちょうど、レンズの焦点に一粒のサクランボだけが見えているような、あるいは夜空の月が、満月が、円い視野をいっぱいに満たしていて、まわりを取り囲む夜は少しも目に入らない、そんな感じだった。そして彼女のほうが彼にわざわざ改めて目を向ける必要はなかった。彼女が今一度目を上げていたら、課題は即座にまったく価値を失っていたことだろう。課題には価値が、いまこの瞬間の世界中のなによりも価値があったのだ。

ドン・フアンは誘惑者ではなかった。彼はそれまで一人の女も誘惑したことはなかった。たしかに、出会った中には、あとで陰口を言うような女もいた。だがそういう女たちは、嘘をついているか、自分で自分が何をやっているのか分かっておらず、本当は何か別なことを言おうとしているか、どちらかだった。反対に、ドン・フアンも一度も女から誘惑されたことはなかった。誘惑しているつもりの女に、好きにさせてやったというようなことも、ひょっとしたら、あったかもしれない。だがたちまちのうちに、女は、それが誘惑になどなっていないこと、この男が誘惑される役にもその反対にもなってないことを悟らされる。彼には一つの力があった。ただそれは別の力だった。

彼、ドン・ファンは、自分のこの力に気後れを感じていた。かつての彼はもっと臆面がなかったかもしれない。だがもうかなり前から、この力を行使することも恐れ避けるようになっていた。女たち、少なくともここでの彼の物語に出てくる女たちは、一目会った瞬間にではなく、彼をドン・ファンと認識した瞬間に、彼の中に自分の主人を認めたのだ。彼は私に、自慢するでも自惚れるでもなくさらりと語り、どちらかというと事のついでのようにそう断言した。他の男たちなら、あるがままの存在でしかなかったし、そうあり続けるだろうが、彼、ドン・ファンのことは、あの女たちは自分の、唯一の、永遠の主人（「支配者・命令者」ではなく）と見なしたのだ。そして主人としての彼に、ほとんど（「ほとんど」だ）一種の救い手、救世主たることを、要求した。何から救うというのか？ただ救うのだ。いや、簡単に言えば、自分たち、つまり女たちを、連れ去るということだ。ここから、そしてまたここからも、ここからも。

ドン・ファンの力は彼の眼から来ていた。その眼差しが何らか訓練して身につけたものではあり得ないことは、わざわざ断るまでもなかった。そんなものは決して望んだことも、企んだこともなかった。それでも彼は、女に眼を向けた瞬間に宣明されるであろう自分の力というか意味を、支配者然としてではなく、どちらかというとほとんど不安げに、意識していた。彼が女に完全に眼を向けるのをできるだけ先に延ばそうとしていた様子は、遠慮や、臆病さと勘違いされそうだった。でもそれは、彼が私に言うところでは、実際遠慮のようなものではあったが、断じて臆病さではないというのだった。自分の眼を彼女に向けるということは、最終的に、二人ともにとって、もう後戻りはあり得なくなることを意味していた。そしてそれは、その一瞬以上のこと、一夜以上のことだった。

その昔、ある哲学者は、女から絶対的なものと受け止められるドン・ファアンの欲望は、抗いがたいもの、「勝利の自信にあふれたもの」になるのだと言った。だが、彼自身が私に語って聞かせた物語は、勝利や欲望とは、少なくともこのドン・ファアンの勝利や欲望とは、何のかかわりもなかった。むしろ逆に、その眼差しによって——風采によってではない、彼の風采は何ら際立ったものではなかった——彼は女の欲望を解き放つのだった。それは女のみならずそれ以上のもの、その他のものをもつかまえる眼差し、彼女を超え出て、彼女がありのままにいることを許す眼差しで、それゆえに女は、彼が自分のことを考えてくれているのだ、自分を認めてくれているのだと知るのだ。働きかける眼差し。あたしが道を歩くのも、ホームやバス停に立つのもすわるのも、もう充分だ。やっとこれで、本気になったのだ、本気になれたのだ。そしてそれを女は一種の解放として味わうのだった。

女は、彼女に向けられ、さらに彼女の周囲に向けられたドン・ファアンの眼差しによって、自分がそれまで孤独だったこと、だが自分はこの孤独をこの場で終わらせるのだということを自覚した（この一週間のあいだ、彼は、行く先々で、もっぱらそういう孤独な女たちにばかり出くわした）。孤独に気づくこと——それはエネルギー、純粋で絶対的な、欲望のエネルギーだった。そしてそれは、この女にあっては、無言でかつ強力な、それこそ実際「勝利の自信にあふれた」要求、請求のかたちで現れた。男であったならば、どれほど孤独な男であろうと、こんな力を持つことはありえない。そのうえ、この女は、ただでさえ美しいのに、いまや、この請求によって、これ以上の美しさはありえないほどに、さらに美しくなっていた。もしこれが男であったなら、そのような表情は……。

ドン・フアンは、このカフカスの花嫁とのエピソードがどのようなことになったのかは言わなかった。細かい点もなにも一切。そして私もまた委細を知りたいとは思わなかった。とにかく男女のことに関する委細は。そして私には、結末は、彼が話しはじめたときから明らかだった。彼の流儀で、特に彼のほうが行動するところでは、何をしなかったかを語るか、語るに値しないとでもいうように無造作に省略した。だから彼にとっては、自分はホールの入り口に立っていた、その若い女に近づいていきはしなかった、と言うだけで十分なのだった。彼女に襲いかかったわけでも何でもない。二人して隣室や戸外に消えたわけでもない。そもそも、一言も言葉を交わさなかった。「おいで！」とも、「さあ！」とも、「今だ」とも。そして二人は気後れも恥じらいもなく、宴に集まった人々のただ中で、あからさまに、白日の下に、これ以上一緒ではありえないほどに一緒だったのだが、だれも彼らに眼を向けなかったし、もちろん何か気づくことも目撃することもなかった。それがどのように起こったのであれ、二人はたがいに交じり合い重なり合っていく。そのことによって別の時間が流れはじめる。それが彼らを目に見えない存在にする。ちょうど、人間の眼には、もっと遅い動きか、速い動きでないと動いていることが認識できない、そんなあわいの速度で動いている物体＝身体《ケルパー》のように。

とは言え、ドン・フアンは、この日の成り行きのうち、一週間後になって前景や背景として心に残っていたことを、まだいくつか、語って聞かせた。自分自身の行動についても、最小限の行動だが、ともかく一つは語った。ついに弧を描いて花嫁に近づいていき、少し離れたところから、義務に従って、自分が何者であるかを眼差しによって明かしたあと、彼は数歩、後ろに下がり、そうして一種の磁場を作り出すと、女は当たり前のように、即座に心を決めてその磁場に身をゆだねた。重要なことはおそらく、ドン・フアンが、物語の中で何であれ行動が出てくるときはとにかくさっさと報告を済ませたのに対して、心の中に生じたことやもつれを語るときには、いつも、深く息を吸ってかなり詳細に語ったということだ。

ひとりの人間の死に至りかねなかった突発事故があって、それが二人の接近に幸いした。客の一人が魚の骨をのどに詰まらせて窒息死しそうになったのだ。大きな宴会場全体が混乱に陥った。男は席から飛び上がり、耳をつんざくような悲鳴を上げた。悲鳴は動物が哀しげにくんくん言うような声に変わり、弱々しい喘ぎに、そして最後は声なくばたばたする動きに変わった。男はその間に床に倒れており、ホールの床を転げ回っていた。顔はイカ墨の黒に近い赤い色。周りに立つ人々は、男に向かって屈み込み、てんでに大声でこうしろああしろと知恵を授ける。だが窒息しかけた男はもう何も聞いていない。そして骨と一緒に呑み込ませようと口に押し込まれたパンを、男はすぐにひきつったように吐き出してしまった。彼を我に返らせたのは、一つの眼差しだった。そしてそういう眼差しを彼はこの間ずっと探し求めていたのだった。ちなみにそれは誰だってしてやれたはずのことだったのだ。特別な能力も職能訓練も必要なかった。しばしの間、男はそういう眼差しになだめられ、そして大人しく助けを受け入れる態勢にさせるにはそれで十分だった。だれかが男の横隔膜のうしろをどやしつけなどし、そして即座にだれかが男の喉から魚の骨だか何だかを引っ張り出す……。

その男一人のみならず、宴会場の人々すべてが、改めて命を贈られたかのようだった。

助かった男とともに、助かった男と同じように、人々はそこにすわり、うめき、息をついていた……。死が、唐突に、そこらじゅうに存在していた。そこにいた人のだれもが、死が、自分のうちに押し入ってくるというよりは、自分の真っ芯から噴出するように感じ、この死の噴出によって、だれもが、自分が生きてあるという喜びを、震えぎみの喜びではあれ、極限までとは言わずとも特別に、かき立てられたように感じていた。そのとき突然始まったダンスがまたなんというダンスだったことか。一度も踊ったことがない者も、長い間踊ったことがなかった者も、一緒になって踊っていた。しかもそのダンスは、少なくともはじめのうち、ワイルドなところも舞い上がったところもないダンスだった。そしてカフカスの結婚式にふさわしく、偶然訪れていた客や、ずっと昔から敵対してきた一族の者が、たがいにおしゃべりを交わしはじめる。突如ワインがテーブルの上に増えていたのも、その場にふさわしかった。そしてこれもグルジアらしく、小さいほうのテーブルにも同じ勢いで何本ものボトルがやってきた。そしてあちこちで、子供が、ワインなど飲まずとも、自分の父親や母親に熱烈にキスをし、抱きついているのが見られた。明らかに、それまでほんのちょっとでも親を抱きしめたことなどなかった子供たちだった。

ドン・ファンと若い女は、あたりが混乱しているあいだに、向かい合っていて、もはや呼吸していなかった。何か別なものが、二人に代わって呼吸していた。それから二人きりの時間が終わったとき、最後の完全な輝きが訪れる。その輝きは欠如と失敗でもあった。それはごくかすかでもあれば打ちのめされるようなものでもある失敗、同時に――ドン・ファンにとっては――失敗の了解でもあった。その輝きの中で、二人は笑顔を交わし、その瞬間、正確に鏡のように同じ動きと歩みで、たがいを去り、たがいに背を向けた。彼は花嫁の先に立ち、距離をおいて歩きながら、彼女を長いテーブルについている花婿のところに再び連れて行った。そこまで歩いていくうちに彼が驚いたことは――以前にもこのような経験はあったがそれでも――、あの輝きと静かな笑いが続いていたことだった。彼の足元で木の床が輝いていた。鉢の一つの中の、しぼんで皺のよっているはずの去年のリンゴが、笑い、輝いていた。すすけたモルタルの壁のクモやメクラグモにすら、一種の輝きがあった。そして窓の外。そこには空があった！　そしてこれほどに純粋な雪というものを見るのは久しぶりのことだった。風の音も、輝きとなってやってきて、ホールの中のアコーディオンを伴奏した。その場で唯一の楽器だったアコーディオンが、ほとんど聞こえないくらいに小さな音でちょうど演奏していたのは、民謡や流行歌ではなく、魔笛の中のあるメロディだった——アコーディオンで編曲されたオペラアリア。これほどに身に沁みるものもまた、ドン・フアンが耳にするのは久しぶりだった。二人はたがいに手を差し伸べる。手と手がしっかりと、一生の間かと思える時間、別れのため、握り合わされる。熱っぽく、彼は彼女から離れる。別れの楽園。

だが、女を振り返ったとき、彼は気づいた。何もないことに対する了解、何もないことを甘んじて受け容れることに対する彼の了解を、彼女は共有してはいないのだった。彼女の眼差しは一種の黒い怒りの眼差し、特に彼に向けられたものではない、すべてに向けられた、根源的な怒り。たった今二人の間に起ったことがことのすべてであるはずがない。あれで全部であっていいはずがない。二人の時間は、女にとっては、まだまったく終わってはいない。決して終わらないのだ。そして彼、ドン・フアンは、それでその時、即刻彼女から離れねばならないことを知った——もちろん逃げたくはなかった、それは自分の気持ちに逆らうことだった——彼は逃げねばならないのだ。彼女を夫のもとに返す。夫はといえば、かなり離れたところからすでに、親友に対するような眼差しで彼を迎えたし、夫をようやくまともに見たドン・ファアンも、そのような眼差しを返し、真剣な友情を感じる。そしてこの地から去るのだ。

実際そういうことになった。ただ、ドン・ファアンの逃亡は、従者の逃亡と重なった。そして従者の逃亡は、ドン・ファアンの逃亡とは正反対に目立ち、逃亡が提供しうるあらゆるものを提供していた。ドン・ファアン自身の逃亡を追跡していたのは残された女のみ、女の眼のみだった。ドン・ファアンには、あとになって、何マイルも離れ、「射程外」に出てからも、女が歯ぎしりをし、つばを吐き、何よりため息をついているのが聞こえるような気がした。（絶えずため息をついていたドン・ファアンだが、女というものに対しては、決してため息をついたことはなかった。あの女に対してはもちろん、ため息をつくことなど考えられなかった。それはふさわしくない。そんなことをすれば、女を——そして自分を——貶《おとし》めてしまうことになっただろう。）これに対して従者のほうは、衆目の中を逃亡してきたし、式の参列者のうちで何らか動ける者はみな、彼を、そして既に車の中にすわって待っていた彼の主人を、追ってきた。なんとも古典的に、石が飛んできては車の後ろの土埃の中に落ちただけでなく（ただし落ちた石で土埃が舞い上がる図は見られなかった）、まるで本格的な追跡隊が編制されたようだった。（ただしこの追跡隊は村の境界で、正確にその地点で、突然停止した。まるでこの境界が、合州国の州境のように、訴追主権の境界となっているかのようだった。）

従者の顔には、古い引っ掻き傷に加えて、一部はまだ血を流している新鮮な傷が増えていた。運転する彼は礼服を着ていなかったし、白いシャツは裂け、引っ掻き傷は背中の下のほうまで達していた。下唇は腫れ、真ん中に一つ、かさぶたが出来ていた。あきらかに歯で噛まれた痕だった。トビリシに着く少し前になって、彼は言葉を取り戻した。床を転げ回って死と闘っていた客の姿に怯えて、彼と醜女はまだ一言も交わさぬまま、示し合わせたように脇の部屋へ行き折り重なった。実のところ、女のほうがドン・フアンの連れを引っぱっていって、掃除道具入れのような部屋で彼の上に身を投げてきたのだ云々。しかし自分自身その女を狙っていたことは、彼は決して否定しなかった。彼にとっては――彼はドン・ファンに自分でそう説明した――彼女は決して醜くは見えなかった。最初からそうだったので、宴席の雰囲気やワインや興奮のおかげなどではない。そもそも前々から、ふつう美しいとはされない女たちが気に入ってしまうのだった。痘瘡のあばたのある女が寄ってくるだけで、ある種、心を動かされてしまう。と同時に自分でも、そのあばた女を我がものにしたいと思う。ふつうに見れば多少なりとも見栄えの良くない女が現れるたびに、彼はそれこそ取り乱すように、感動と征服欲のせいで取り乱すように見えた。好みのタイプの女が登場するたび、文字通り赤くなった。ドン・ファンは、一週間のうちには、それを予測できるまでになった。赤面し、動揺して、まずは目をそらす。そして彼がそういう女に飛びつくのは、従者自身の言によれば、悪趣味とか倒錯しているとかいうことではないのだ。他の人の眼にはやや歪んで見える女たち、少し盛りを過ぎて見える女たち、壁の花や、なんらかの塀や壁にそって隅を歩いていくような女たち、そういう女たちがとにかく彼の好みなのだ。彼はそういう女たちとは即座に恋の冒険を試みた。愛の問題ではない。

彼がその「醜女」と箒部屋だかアイロン部屋だかの箒のあいだだかアイロン台の上だかにいたとき、何人かの者が不意に、殺人か何かを止めようとするかのように、走り込んで来た。それからこのカフカスの村じゅうの者が彼のしたことについて彼を罰しようとしたのは、その女の子の地元での位置づけから来ていた。彼女は精神薄弱だということになっていて、そして精神薄弱の女は触れてはならぬもの、厳しいタブーだったのだ。地元の人間である彼ならばそんなことは知っていてしかるべきだった。これに対して、あとになって彼がドン・ファアンに断言したところでは、そのタブーは知っていたが、また自分の相手が「障害」があるわけではないことも知っていたのだという。その前から、一、二時間のうちに、彼にはそれがはっきり分かったのだという。あんな眼をした人間は正常でしかあり得ません。正常どころか、この上なく正気でした。そしてこの知恵遅れと言われている女の手のなんと柔らかかったことか。

翌日の晩にはすでに、ドン・ファアンともう一人はダマスカスに着陸していた。そう私は、その一週間後に、聞かされた。彼らがどうやってそこにたどり着いたのか、私が尋ねてはならなかったことは言うまでもない。実際私は尋ねなかった。それもありうるだろうなと思えるだけで、私には十分だった。ダマスカスでどこに泊まったのか、従者はどこにいたのかということも、私は尋ねなかった。それは私の想像に任されており、そのことはこの後の滞在地についても同じだった。だが私には想像は要らなかった。むしろ想像は耳を傾けるのには邪魔になった。シリアの気象概況など要らなかったのと同じことだった。そこでも、五月の風にポプラの花の綿毛がびっしりと乗って漂っていることははっきりしていた。そして話の続きを聞きながら、ポプラの綿毛がオレンジ色の土の上を転がっていく様子、同じくオレンジ色の壁にそってふわふわと飛んで行く様子が見えた。そして綿毛が通り過ぎていくと、物質はその重量を失っていくように見えた。

ダマスカス到着の晩のうちに、再び女に出会うであろうことは、ドン・ファンにとって疑いの余地のないことだった。これからの期間、いつまでかは分からないが、女たちの期間、女の時代になり、そして一人女が出てくればその後にまた別の女が続くのだ。カフカスの花嫁にかかわったことから――女「と」掛かり合いになるというような言い方はドン・フアンはしなかった――、彼はいま語っている女たち、あの特別な女たちの視線にさらされる羽目になったのだ。ただしそれは匂いなどによるものではなかった。彼の従者にして今では親友となっていた男は、女たちに関する長広舌（それについては後で触れる）の中で、「連中は、だれか手に入れられる男が近づいてくれば、七つの丘の向こうからでも匂いを嗅ぎつける」と主張していたが、それは違う。ずっと待っていたのに現れず諦めかけていた人物のように、ドン・フアンが迎えられたのは、彼の新たな、いやまったく初めて目覚めた態度から来ていた。それが、あの女たちには、アヴァンチュールを求める気分などとは何かまったく違ったものとして受け止められたのだ。それが、明白な独り者の「空《あ》いている」感じと、加えて屈託のなさ、快活さと相まって、女たちには効いた。屈託のなさは、それぞれの日の女に即座に感染し、女をほとんどふてぶてしくというか勇敢にした。

だがこの一週間もっとも直接的に作用したのは、ドン・フアンの、一目見て明らかな、女との間の同時性《シンクロニシティ》だった。だから女は一目見たときから自分が他人であるとは思わなくなり、また彼、この初対面の男のことも、他人とは思わなくなるのだ。女が何かを信用するとすれば、この同時性をおいてなかった。同時性はあてになる。その後のさまざまな出来事の中で、二人はつねに同時にあり、振る舞うだろう。彼女の身振りも表現も、そのまま彼のものでもあるだろう。彼女と彼は、完全に一致した時間感覚を持つのだ。女はドン・フアンに――彼に付ける名前を彼女が思い浮かべるとすれば、それは決してこの名前ではないが――自分の同時代人、自分と同じ時間を享受する者を見出したのだ。その際、彼女が知らなかったこと、知る必要もなかったことは、ドン・フアンが彼女に向けて放射する独り者らしさと屈託のなさの源泉は、彼の引き続く哀しみの中にあるということだ。彼の喪の年は終わってはいなかったのだ。今、女たちと結びついて、もっとも近しい人間を失ったことに対する悲嘆は、かつてなかったほどリアルで差し迫ったものになった。

ドン・フアンは、ダマスカスの女との出会いについては、前のカフカス山麓の女よりも語ることが少なかった。その後の女たちについては、さらに言葉少なになっていった。ただこんなことだけだ――それは大きなモスクのそばの、修道僧たちが踊る広間でのことだった、と。そのモスクの名前も彼は思い出さなかった。私は思い出す手助けをしてやれたかもしれないが、自分の声を彼の、語り手の、声に加えることは憚《はばか》られた。それに、そんな名前は、彼の話の中では大した意味はなかった。ダマスカスの大きなモスク、それだけで十分だったのだ。引き続く日々についても同じだった。北アフリカのセウタの飛び地の城塞でのことだった、とか、ノルウェーのベルゲン近くのフィヨルドのボート用桟橋で、とか。

ドン・フアンは、修道僧たちが踊るコンサートで、最後列にすわっていた。そのうち、太鼓やリュートや笛（というかシャルマイ）の音が、コンサートには聞こえなくなった。音楽にも聞こえなくなった。彼はもう何も聴いてはおらず、ただ、釣り鐘型のゆったりした衣装を着て、高い筒型の帽子を頭に載せた踊り手たちを観ているだけだった。踊りは、基本的にゆっくりした旋回で、加速する場面では逆に減速していくかのような印象を与えた。力強く支配するような緩やかさの印象。旋回する者とともに舞い上がる衣装、狂いなくまっすぐにホールに、あるいはともかくどこかに、ぴたりと向けられた眼差し。両腕は広げられ、片手は地面を指し、片手は何かを掬うような形に天に向けて開かれている。恍惚？　この旋回し、ときに目に見えなくなる修道僧たちよりも静かなものも、これほど内に向かったものも思いつかなかった。踊り手の大多数はかなりの年配で、だから彼らの発する静けさも不思議はなかった。だがこの儀式――単なる演技ではなく儀式だ――の終わり近く、一人の非常に若い、まだ少年のような修道僧が高齢の僧たちから旋回を引き継ぐ。彼は軽やかに、同時に恐ろしく真剣に、旋回する。眼の高さに、とにかく何か空虚ではないもの、何か遠いものが感じられる。そして終わりに、再び静止状態に戻ったとき、微笑みはかけらもない。彼の表情にあるのは、せいぜい、開かれた誠実さのようなものだけだった。

そしてドン・フアンは、再び、自分がその場にいた者たちの中の一人の女の目にしっかりと捉えられたことに気づいた。前のほうの席にすわって、楽の音《ね》の響きが消え、修道僧たちの旋回の動きが完全に止まったあと、いわば一拍あとに、振り返った女、それがこの女だった。そしてこの女の姿かたちについても、ドン・フアンは語らなかった。もちろん「曰く言い難く美し」かった。変異点《ヴァリアント》として彼が語ったのは、最初に一目その女を見たとき、スカーフと首まで閉じられた黒っぽい服のせいで、修道女なのかと思ったということだ。だがそれから、その場にいる女たちのほとんどが、まだ子供のような者も含めて、同じような服装をしていることに気づいた。

その後の多くのことは、絵柄の点でも音の点でも、最初の女、前日の別の土地の女と同じように運んだ。(とは言っても、その一週間あとのドン・フアンには、どんな音も思い出せなかった。どちらの声も、言葉も思い浮かばなかった。だが彼女一人の、そしてさらに意味深くは周囲の、絵柄は思い浮かんだ。)たいていの部分が繰り返され、またこの週の残りの日々の女たちについても繰り返されたからといって、ドン・フアンには気にならなかったし、それで尻込みすることもなかった。一瞬怯《ひる》んだのは初回だけ、まだ何の繰り返しでもなかったときだけだ。繰り返しはむしろ、それから次第に強く、固有の弾みを持つようになっていき、彼はその弾みに、一種当たり前のこととして——掟とは言わないまでも、一種の法則として——身をゆだねた。女に対して、前日の女に対してしたのと同じことをし、しなかったことをせずにおく。それでいいのだ。繰り返しが、それこそがまず、彼を力づけた。

とは言っても、いかなるバリエーションも無かったということではない。バリエーションはいつでも一枚噛んでいた。たとえたった一つの、ちっぽけな違いであっても。バリエーションによって、掟は満たされると同時に、ゲームの一部となる。掟は掟と解放になる。あとで従者が言ったように、バリエーションは薬味みたいなもの、なのだ。

当の女たち、語ることを、語られることを求めて押し寄せてくる女たち自身、その人格も存在も、主な特徴は毎日毎日繰り返しに見えた。女たちはみな、それまで、スキャンダラスなまでの孤独のうちに生きてきていて、ただ、その孤独は、今のこの一瞬に初めてスキャンダルとなり、そもそも初めて意識されるようになったのだった。女たちはみな、どの国でも、土地の人間であると同時に目立ってよそ者でもあった。女たちはみな、その他の点では、特性などないかのように目立たない。そして彼女らが目を開き、ついに姿を現したとたん、まずは美しく、それから曰く言い難く美しくなるのだった。女たちはみななにか陰鬱なもの、脅かすようなものを放射していたが、しかしそれは、少なくとも彼ドン・フアンには、不安感を引き起こすことは稀だった。女たちはみな年齢というものを持たなかった。少なくとも、若いにせよさほど若くはないにせよ、自分の年齢を超越しているように見えた。女たちはみな、どこの女も、絶えず自分と同等な者が現れるのを待ち構えており、状況にふさわしい行動が「たちまち」できるような意識の敏捷さを備えていた。女たちはみな、差し迫った生き方をしていて、ずっと以前から何らかの戸口の上、死への、狂気への、突然の失踪への、人を撲殺することへの、戸口の上にいるような感じだった。女たちはみな、危険になりえた。そして女たちはみな、結婚式やダンスのような華やいだものなど何もないところでも、舞台の中を、この上なく日常的な舞台でも、ほのかな光、祝祭的な芳香を身にまとって動いていた。——あとになって思い返すと、彼には、女たちがみな、ことごとく、白装束をまとっていたように思えた。そして女たちのだれも、そもそも口を開いたとしてのことだが、病気の者や死んだ者について語ることはなかった。

もう一つの繰り返しは、女がドン・ファンに引き合わされることになるその都度の外的な状況が、やはり一種の戸口、発端のようなものだったことだ。カフカスの村の魚の骨のような役割を果たしたのは、ダマスカスでは砂嵐、セウタの飛び地では近日中に予告されていた戦争がそれだったかもしれない。語りの一週間の五日目、オランダの砂丘では北海から押し寄せる大潮だった。(ドン・ファンがポール・ロワイヤルに現れた日の前日の女についてだけは、そういう最後の一押しのような外的なきっかけは必要なかった。二人の根源的な疲労だけで十分だったのだ。)

ダマスカスのバリエーションについて、ドン・ファンは語った。そしてこれ以降、自分とこの週の女たちに関しては、ほとんどもっぱら相違点についてのみ、しかしどれも目を輝かせながら語った。ダマスカスのバリエーション——グルジアではかの地の女と彼の足元では木の床がぎしぎしいっていたとすれば、ここで彼らの下できしんでいるのは砂だった。彼が女を待つことになったのは大勢の人々の中にかわって、取り壊された地区、ささやかなノーマンズランドにあるモスクのずっと裏手だった。例の後ろ向き歩きで方向を示してやったわけではないが、彼女がそこにやって来るであろうことには、最初から確信があった。彼がその物語りの中でかかわり合う女たちが、そんな場所を自分たちのこの上なく固有の領域として選び出す——ふつうではない場所が女たちの領分だった——そういう時期だった。ただ、女たちは狩りも探索も望んではいなかった。たいていの場合、一人で関わることしか望んでいなかった。

彼は長い間待っていた。日中は太陽が眩しかったが、いまは間もなく深夜になろうとしていた。細い月はカフカスを離れたときよりもほんのわずかに太ったように見えた。もちろん、女が考え直して結局来なかったとしても、ドン・フアンはそれでいいのだと思ったことだろう。彼が目前にしていたのは、一つの試験、何の試験だかまったく分からない試験だった。彼は試験の材料を知らず、知ることを許されてもいなかった。そしてその試験は単に難しい以上の何ものかとなるだろう。それは、彼から最大限のものを要求してくるだろう（彼はまたそれをあっさり果たしてしまうかもしれないが）。彼はこの試験から逃げてはならなかった。女がやってくるまでじっと待っていなければならなかった。とにかく逃げてはならなかった。今はそのときではない。それに、女は、ここであれ他のどこであれ、彼を見つけてしまうことだろう。今のこの時、女から逃れる術《すべ》はない。

巻き起こりつつある砂嵐にすでに月がかすんでしまった頃、女は現れた。近づいてくる足音はまったく聞こえなかった。突然そこに立っていたのだ。ドン・フアンはあまりに長い間闇を見つめていたから、明かりは、どんなに小さなものでも、彼の眼を眩ませてしまったことだろう。女は明かりをまったく持たず、闇の中、崩れた泥れんがの上を当たり前のように彼に近づいてきたのだ。明らかに走ってきたのに、何の息遣いも聞こえなかった。あの女、いかに音を立てないようにできたことか、いかに素早くその都度の絵柄の中に現れたか――彼女はたちまちにして姿を現した――最初から最後まで（いや、最後はない）いかに密やかにいられたか。秘密も、秘密めかしたところもなく。

壁の名残りに、濛々とした砂が当たってしゅうしゅう音を立てた。その壁の残骸に守られながら、一緒に行ったり来たりする。一週間後、ドン・フアンは、壁の上から突き出していた鉄の棒について語り、鉄線と鉄柱と鉄管の網に当たった暴風が二人の頭に向かって奏でるすさまじい音楽について語った。風と砂粒による鉄への攻撃は、ある程度の時間を超えて一定したものではなかった。一瞬強まると、わずかに引き、それからいっそう強まる。風はそれから弱まっていって、そよかぜ、微風となり、そしてまた新たに、それまで以上に力を増し、飛びかかってくる……。もっとも一瞬たりとも完全に退潮し、止むということはなく、そうして嵐の中に突き出ている鉄骨を絶えず鳴り響かせていた。均一な風であれば、単調なうなりや轟音が聞こえたのだろうが、今はまっとうな旋律が形作られていて、そこには本質的に異なった均一性があった。それも、和声的なメロディだった。その拍は絶えず長さを変えたし、最高音と最低音の間は音階全体の上にも下にもさらに何段か付け加えた幅があるように思われたが、ほとんど聴き取れないほど高い音とかろうじて聴き取れるほど低い音との間の移り行きや、この上なく短い拍と極端に長い拍の交替、フォルテになりピアノになる音量の交替は、決して唐突でも急激でもなく、偶然でも恣意的でもなく、それこそ一貫して調和的に生じ、時とともに——少なからぬ言語で「時」という単語は「拍」という単語と同じだ——旋律へと組み上がっていった。楽器は震える鋼線、半ば緩んで交互にかんかん音を立てている鉄の支柱、そして何より、前も後ろも嵐の風に開かれた管のシステム。鋼線と支柱がリズムを作り出していたとすれば、管は主旋律を受け持っていた。それがまた何という旋律だったことか。ドン・ファアンはそれを私にハミングし歌ってみせた。初めはしわがれた声で、次第に力強く。歌いながら、語りの椅子から立ち上がり、腕を広げ、ポール・ロワイヤルの庭を行ったり来たりした。そして私は、ずっと以前から何に対しても確信というものが持てなくなっていたのだが、もし彼がこの音楽をもって聴衆の前に登場すれば、この音楽、ほとんど音楽とも言えない音楽は、全世界を征服するだろうと確信した。

最後にダマスカスの砂嵐は強まっていき、それにつれてやはり単調になっていった。それまでの上下する旋律線は、鳴動の倍音を伴ってはいたが、単調な咆哮と喚声ではなく、巨大なフィナーレの響きにしか聞こえなくなった。女と男の二人は、残った壁のかげに横たわって耳を傾けていた。そのさなかに一度、ドン・ファアンは哀しみで心が張り裂けそうになった。が、その哀しみそのものが、逆に彼に力を取り戻させた。哀しみによって、人は自分自身を超え出る。哀しみが、人をして個を超えさせる。哀しみの存在は、奇跡を起こす。漆黒の嵐の夜に、色彩が生じる。廃虚に立つ桜の木の、半ば萎れた葉陰、二人の上に、目に見える光源もないのに、突然、サクランボの赤い色が現れる。黒い空の真ん中に青みが差す。地面には濃い緑色、それが二人の下できしきしと音を立てた。パニックじみた世界の中で、ドン・フアンはくつろいでいた。この世界は、それがそもそも世界と呼べるものならば、彼の世界だった。その世界で、彼は彼女と、その女と、会った。パニックじみた世界の中に、二人はいた。

またある言語は、ある時間の長さを表すのに「時の経たぬうちに」という表現を持っていた。「時の経たぬうちに彼はAからBへ来た」。そしてドン・フアンはこの表現を実にしばしば、ただし少しずつ違った意味で、彼の女の時代の七日間の物語に使った。たとえば彼にとって、ダマスカスの荒蕪地は、女の傍らで、時の経たぬうちに朝になった。砂嵐は時の経たぬうちに通り過ぎ、あとは、女がふと口にしたように「イエメンから」音もなくそよいでくる夜明け前の風。早くも鶏たちが時をつくる。町の鶏も、シリアの田舎の鶏も。

早くも四方八方から七面鳥がころころと鳴く声が聞こえる。いや、七面鳥たちは夜通し鳴いていた。早くもクジャクが叫ぶ。いや、クジャクたちも夜通し甲高い声を上げていた。時の経たぬうちに町じゅうの尖塔《ミナレット》からムアジンたちの声が早朝の祈りを捧げるように促す。肉声もあればぱちぱちぱちと音を立てるレコードもあれば、サーッというノイズの交じるテープのものもあった。もうもうたる砂に代わって、ガソリンの濛気。早くも陽の光を浴びて白く輝く飛行機雲。早くも、ジグザグに飛んできらりと光るツバメたち。はるか上方をさまよい飛ぶポプラの綿毛が早くも輝く。そして今あんなにも悲しげに泣き、吠えているもの。今始まったわけではないその声は、ここアラビアでは、屠殺場に連れて行かれる豚ではあり得なかった。ときおり啜《すす》り上げしゃくり上げる声から分かる通り、動物ではなかった——が、人間でもなかった。少なくとも、大きな、成長しきった人間では……。いや、やっぱり大人だ。神にも世界にも見捨てられて、子供が泣くように泣いている大人。それも少なくとも夜通し今まで、終わりなく、ずっと。

その瞬間に、ドン・フアンと女は合意し合っていつもの時間へと戻っていった（女のほうがやはり完全に了解したわけではなかったことに彼が気づいたのは少しあとのことで、それでまた彼としては姿を消すしかなくなった）。その場で別れたわけではなかった。彼はまだ女について家に行った。女は彼にファーティマの手の付いた首飾りをくれた。一緒に朝食を摂った。女の子供も、目を覚まして、一緒に朝食を摂った。子供は見知らぬ男の隣に、何でもないかのようにすわっていた。ドン・フアンの存在は、子供にとっては単に当然のこと以上のことだった。子供は、まるでドン・フアンが長い間待ち受けていた人物であるかのような様子を、静かに放射していた。そこにいる見知らぬ男は、ずっとここにいようがそうでなかろうが、友だちなのだ（カフカスの花婿の位置を、ダマスカスでは子供が占めていた）。

従者は宿の隣室に寝ていた。ドン・フアンのノックに対しては返事がなかった。ドアには鍵がかかっておらず、彼は中に入った。部屋の中は真っ暗で、よろい戸は隙間なく閉じられていた。それから、ぼうっと光る赤い火。タバコだった。それからすぐに、その隣に、もう一つ。煙を吸い、吐き出す、その都度二重の音の他には何の音もなく、それがまた長く続いた。ついにドン・フアンは、まるで彼が召使いであってベッドに横たわる二人が主人でもあるかのように、そっとつま先立ちで窓のところへ行き、カーテンを引き、さらにできるだけ静かによろい戸を開いた。その間、カップルは、突然の陽の光に眩しがる様子もなく、映画の夜のシーンのように、自分たちのタバコを吸い続け、部屋の中の第三者はさしあたり存在しないものと見なしているようだった。第三の人物としては、わざわざ彼らのほうを見ることはせず、外の朝の街路を眺めていたのだが、それでもちらりと目に入った従者と女の姿は、それだけ印象深く、夜のイメージとして、ダマスカスを発った後にもずっと思い出されたのだった。ちなみに――と彼は語った――じろじろ見るでもなく、ちらりと眺めたものが、意識的な注視にもかなわぬほどに、しばしの間しっかりと焼き付けられることがあるのだ。ともかく、従者の新たな愛人について彼の印象に唯一残ったのは、ふたたび、それこそ目を刺す醜さ、というよりはニキビ、痘痕、あるいはハンセン病の瘢痕に台無しにされた顔と、加えて厚かましくもこの上なく幸福そうな微笑みだった。一方、男のほうは、前日まであった噛まれたり引っ掻いたりされた痕が一夜にして一気に消え、絶えず静かに煙を吐きながら、女の髪や乳房を、何より熱心にその長くて当然のこと曲がった鼻を、つまんでは引っ張っていた。その表情には怒りと喜び、優しさと吐き気、倦怠と切望、憧れと罪悪感（もちろんそれは主人の登場に由来するものではまったくない）が分かちがたく混じり合っていた。

一週間ののちに、ダマスカスの夜とそれに続く半日のことを思い返していたドン・ファンは、いくつかの細部を思い出すことができた。宿屋の前の通りを行く一組のカップル。女はすでに歳とっている。同様に歳とった男の後ろを、大きな距離をあけて付いていく。女は足を速め、前の男のほうは足取りを緩めていくように見えながら、その距離は少しも変わることがなかった。（そんなカップルはカフカスの村でも歩いていた。ただそのときは逆に、男が女のあとをずっと遅れてついていっていた。女は悠然と歩き、男はボートでも漕ぐように必死に腕を振り、早足になっていた。）そして一羽の鳥が、点々と茂った草の島から島へ、蛙のように飛び移っていった。そしてある泉で一人の子供が、石に躓いて転び、長い、長い間、歯を食いしばって泣くのをこらえていた。でもやっぱりそれから……。

セウタの飛び地に行く道の途中で――思い返す記憶の中ではやはり旅というよりは道だった――ドン・フアンは猛烈なあくびに襲われた。それは疲れからきた従者のあくびとは違っていた。そのとき、従者はずっと後ろの列に、見知らぬ乗客のように、共同の道行きのしばしの間、主人には属さぬ者のように、すわっていた。ドン・フアンのあくびは、間一髪危険を逃れた者を襲う種類のあくびだった。いわゆる「最後の瞬間の救出」の後、人はそんなあくびをするものだ。今まさに崩れ落ちようとする崖の端から引っさらわれて堅固な大地の上に連れ戻されたとき。あるいは、決して面白くもない多くの戦争喜劇で、主人公がたとえば戦場の真ん中で今し方火を点けたばかりのタバコが、突如として吸いさしのような長さしかなくなっていた――つまりそんなにも顔ぎりぎりのところを敵の弾が飛んできて、彼のくわえたタバコを撃ち落とした――とき。それは心の底からのあくびだった。いまや人生は、あるいは彼の物語は、ただなんとなく続いていくようなものではなくなることだろう。安全なところにいることで、次に来るものに対してこれまでになく心構えできているように感じた。この安全さが間違いなくかりそめのもの、ほんのしばらくのものであるからこそ、北アフリカ航路を旅する間、その安全さをしっかりと味わうことができたのだ。他の安全さならどんなものであろうと、逆の効果を持ったに違いない。

そんなふうに安全を味わううちにはもう、女、まだ知らぬ女、次の滞在地で彼の一部となり、逆に彼がその一部となるであろう女に対する期待が湧いてきた。そして彼の「女たちの週」のこの第三日のこのときまでに、次の女だけでなく、そのあとに続くすべての女が楽しみになってきた。しかも同時に、彼は滞在地から滞在地へ、自分の哀しみを、自分の絶望を追いかけていっていたのだ。そんなふうにして、次第に、特に何もしなくても、おのずと一つの計画ができあがっていった。穏やかな気持ちで逃亡中の自分を眺める。彼の逃亡は穏やかさ、平和そのものだった。逃亡のあいだだけ、こんなにも落ち着いていられるのだ。ただ次の滞在地、次の女との出会いが近づくにつれて、ドン・ファアンは再び落ち着かなくなっていった。それを直前に控えて、巨大な力、大火災、地震、なんなら世界の破滅が起こってもちっとも構わないだろうという気がした。だが、そのうち、何ものも出会いを妨げることはできないだろうことが分かってくる。セウタの戦争状態は、出会いにとって、「すでに言ったように」（とドン・ファアンは言った）、必然的なのだ。日を追って、彼と女との間にあるよりも大きな力などというものは存在しなくなった。その際、「愛」という言葉はドン・ファアンにとって論外だった。それは、起こったことを弱めるだけだっただろう。

セウタの女に関して、ドン・ファアンは、二人の最初にして決定的な出会いからしてすでに、通常の人間の行いとはかけ離れたところで起こったものだということ以外ほとんど何も話さなかった。女は、祭りやどこかの雑踏から人気《ひとけ》の無い場所へと彼についてきたのではなかった。彼女ははじめから、地雷が仕掛けられ、幾重もの有刺鉄線が張り巡らされた国境地帯の間近にいた。（その厳重な国境もしかし、周辺のモロッコや、さらにはその向こうのモーリタニアの砂漠の民が、スペインが自国の領土だと主張するセウタを経由して地中海の対岸の約束の地ヨーロッパへと密入国を試みるのを妨げてはいなかった。）彼が砦の後ろをそぞろ歩いていると、女はいつの間にか背後にいた。女は硬い砂原の上の草地を、ふつう路上で男たちが女たちの後をつけて歩くような仕方でついて来たが、その際ただの一度も、偶然同じ道を歩いているだけだとか、まるで違う目的地に向っているところだというようなふりはしなかった。彼女の目的地は彼だったのだ。だから彼が何度振り返っても、茂みや廃墟の陰に隠れたりはしなかったし——自分の姿も、目や肩や体も隠すことなく、両手を腰にあて、頭をもたげ、目は常に彼に向けたまま、大股で追ってきた。時おり女は彼に向かって小石のようなものを投げつけた。それは空《から》のかたつむりの殻だった。その間一度、女は姿をかき消したように見えたが、ドン・フアンにとってもそれでよかった。彼が地べたに腹ばいになって眠りに落ち、目を覚ましたとき、音もなく激しく絶え間なく油煙を立てて燃える国境の灯火に照らされた女が、自分の寝ている周りを円を描いて歩いているのが見えた。そしてそれだけでは済まなかった、と彼は私に言った。女はその輪をどんどん狭めてくると、最後にはドレスの裾をからげて、寝ている彼の身体の上にのしかかってきたのだ。それも一度でなく何度も何度も、あちこちに、一言も発することなく、裸足で。その時初めてドン・フアンは、その若い女が孕んでいること、それも妊娠してかなり経っていることに気づいた。

もっとも、それから彼はセウタのまたまったく別の女とずっと長くいた。すぐに明言したところによれば、その女との間にも何一つ起こりはしなかった。女は、次の日の朝、彼の従者の腕を取って、アルヘシラスへの船着場の酒場で、彼の隣にすわってきた。彼女は自ら放浪者で征服者だと称した。その放浪する征服者が並べ立てたことを、ドン・ファンはただおおよそのところしか語らなかった。

女が言うには、彼女はかつて飛び地の美の女王だった。さほど遠い昔のことではないはずだが、辺りでそのことを憶えているのは彼女だけのようだった。彼女は一見不格好に見えた――ドン・ファンは「太った」という言葉を避けたし、「デブ」は彼の口の端にも掛からなかった――不格好な中にも自信に満ち、それどころか挑発的で、だから、従者が彼女と関わりを持った――それは明白だった――のも、不思議ではなかった。従者は、女が彼の主人に女自身のことをしゃべっている間、すでにお馴染みの、嫌悪と好意のまじり合った表情を浮かべて、終始女を横から見つめていた。今回は、第三の、何か屈辱感のようなものが、彼の態度に混じっていた。そして嫌悪は見せかけにすぎず、好意は逆に卑屈なまでのものだった。これも明らかなことに、女が彼の隣にすわっているのではなく、彼、男が女の隣にすわっているのだった――つまり女の脇に、彼女の当座のお供を務めることを許されて。

女はずっと昔から、子供の頃から？　そう、たぶんもう子供の頃から、異性に復讐したいと思っていた。その復讐願望に理由は無かった。何一つ。父親や祖父や伯父から犯されたとか、恋人に浮気されたり捨てられたりしたとかいうわけではない。人生のかなり早い頃から、男の子に特に見つめられるまでもなく、ただ通りすがりに眼をとめられるだけで――彼女に気づかないということはそもそもまず不可能だった――すぐにこう思うのだった。「痛い目にあうよ」。復讐。あたしは復讐する。思うが早いか実行した。もう子供の頃から。相手の男を罠に、自分のもとに、おびき寄せ、徹底的に操り、気を許させ、そしてまるで何でもなかったかのように（実際何もなかった、まったく何でもなかった、すべてはただの見せ掛け、ヴェールの舞にすぎなかった）、あっさり追い払うあるいは「散歩に出す」。できれば見物人の前、それも男の見物人たちの前で。そしてその見物人の中の一人が、今度は自分が選ばれると勘違いしながら、彼女の復讐計画の次の餌食になる。そしてまた、という調子で今日まで……。小学校の頃の同級生たちは彼女のおかげで完全に冷水を浴びせられ、いかなる子供の世界からも放逐された。その後も決して、男の世界に安住することはできなくなっていることだろう。そして今は大人の男たち、日々自分と関わり合い、その後たちまちにして追い払われる大人たちを、永遠に男ではなくしてやることを望んでいた。彼女を通り過ぎた者が、自分は一体牡《オス》なのか牝《メス》なのか分からなくなってしまうこと、それが彼女の復讐の目標だった。復讐願望ではなく復讐の快楽が大切なのだと彼女はドン・フアンに語った。この種の快楽は、彼女の性的な快楽と同時にだが、男と交わったその瞬間にもうそこにあって、満たされているのだった。出て行きな、あたしの中から。彼女が感じているエクスタシーに気づく喜びすら、彼女は男に与えなかった。男にとっては何も、何一つ起こらなかったに等しい。男たちに、男の深い夢に根ざす楽園の女の姿をまず見せる。その男たちに与えられる、荒涼とした目覚め。「俺は悪魔にさらわれていた。俺は悪魔にさらわれている。俺は悪魔にさらわれていたのだろう。」

とはいえ、この征服者にして復讐者である女にとっては、女たちといるよりも男たちと一緒にいるほうが、はるかに、比較にならないほど好ましかった。そしてそういうことを言うときの彼女の声には脅しや嘲りはみじんも含まれていなかった。その声は実に優しく発せられる。すると、彼女の顔も全身も、その声の響きとともに、にわかに不格好を脱して美しくなった。何か化粧をするでもなく、突然唇に紅色がさし、腫れぼったかった鼻翼が膨らみ、目を見開くでもなく二つの大きな瞳が急に美しく開かれた。それもある程度は技巧でもあった。それから彼女が実演して見せたように、化粧などせずに変身する技は、彼女がこれまた小さいうちから鏡の前で習得したレパートリーの一つだった。それによって彼女は、並み居る競争相手を引き離して、ことのついでにセウタの美の女王となり、ひいてはミス・スペインの座についたのだ。しかし彼女が男たち（特定の男や特定の男たちではなく――「すべての男たち」）について語るうちに彼女の肌に起きたことは、その一部たりと練習で身につけることのできる類いのものではなかった。とうに若さの峠を越えていた肌に、赤みが差し艶やかさが戻る。それは復讐者の取り付く島のない、冷厳でのっぺりした顔ではなかった。見たところそれは、額の何本かのしわにより際立たされていたが、柔らかな艶やかさ、何かを求めるようなとまでは言わないにしても、とても感じやすそうな艶やかさだった。そのバラ色の中心に、周囲との対比から今度は青ざめて見える唇。その反対に、彼女の体は引きしまり、いまにも跳ね起きて動きそうだった。彼女にとって意味があったのは男たちだけだった。女たちと聞いただけで彼女は不機嫌になった。男たちだけ、今はこの男、それからあの男、さらに次の男、そして次の次の男が彼女にとっては肝心だった。そしてどの男に対しても、それはいちいち計画を立てるまでもなく最初からはっきりしていたが、彼女は復讐に固執した。誰であれその都度の男を口説き落とし、手玉に取り、打ちのめすこと。

彼女はそれをセウタの船着場のバーで、従者の隣りにすわったまま、ドン・フアンに実演してみせた。それも露骨に第三の男に手をつけながら。バーの中を一瞥するだけで、男は、彼女のテーブルに、まるで呼びつけられたようにやって来た。彼女は男に耳打ちした。男は何も返答せず、独特な気をつけの姿勢で従順に、奴隷のように、続きを、つまり彼女の次の命令を待っていた。彼女は男に、その場にいる全員に聞こえるような大声で、明確な場所と、漠然とした時刻を告げた。どこそこに夕方、と。男は目前に迫ったヨーロッパへの渡航切符を手にしていたが、それは延期、いや、――男の様子から明らかだったが――キャンセルすることだろう。彼女は指示を出している間ずっと、聞き手が空気であるかのように表情一つ変えなかったし、やがてにこりともせずに、立ち上がって出て行こうとした。そして自分の傍にいる前の晩の愛人にもその後釜候補にも、別れ際、目をくれることはなかった。その代わり、彼女はバーの隅で抱き合っていたカップルに向かって言った。「そこで見つめ合っているお二人さん――夕べ一緒に過ごしたのは失敗だったんだね。うまくいってれば、あんたたちは呆然と遠くを眺めてるはずなんだよ。一人一人、ばらばらに、呆然としてるはずなのさ」。

このとき女はドン・ファアンに気づいた。これまでとは違う形で。自分がドン・ファアンであることを、彼のほうが彼女に気づかせたのだ。どのようにしてか、彼は話さなかった（私もそういうことはとうに知りたいとは思わなくなっていた）。女は彼だと分かると仰天した。亡霊でも見たように跳び退ったと？　そうだ、亡霊を見たかのように。この人物、彼女の審判者にして死刑執行人からは逃げだすしかなかった。彼女は誰彼の男を切実に必要としてはいた。しかしそこにいたのは、彼女が必要とすることはありえない男だった。もうこの男の前に姿を晒してはならない。この男に自分を支配させてはならない。たとえ一瞬でも。誰にも彼女の不断の復讐を邪魔させるわけにはいかない。この男にも。こうして、かつての美の女王の退場は逃走になった。つまり彼女のほうがドン・ファアンから逃げだしたのだが、ただ彼の逃走と違って、彼女のそれは、通行人に衝突したり、缶をひっくり返したりといった、映画のワンシーンになりそうなくらい慌てふためいた、無我夢中の、やみくもなものだった。

一週間の道行きのあの第三の宿駅で、ドン・ファアンは新しい従者が大好きになった。二人がフェリーのベンチに向かい合ってすわっていたときのことだ。従者は死人のように青ざめた顔をしてすわっていたが、それはジブラルタル海峡の時化《しけ》のせいではなかった。そんな辱めや屈辱を受けた人々こそがわが民《フォルク》なのだ、あるいはこの一人に関して言えばわが随員なのだと、ドン・ファアンはその訳《わけ》は説明せずに私に語った。そして逆に彼は、彼らに、この男に、忠節を尽くしてやらずにはいられなかった。それがただ静かに彼らや彼のそばにいてやることでしかないにしても。そういうわけでドン・フアンは、セウタを出航する際に、主人のものより三倍も嵩張る従者の荷物を船に運び込んでやったばかりか、彼のために一番良い席を探し、切符の提示も代わって済ませてやった。航行中も、ドン・フアンは召使いにつきあって、じっと傍らにいて見守り、同時に絶えず彼から眼をそらして、遠ざかりゆく北アフリカの、岩だらけの飛び地セウタを眺めていた。近付きつつあるヨーロッパには背を向けていた。思いがけず、前にすわる男にきらりと光るものがあり、ドン・フアンはおのずと目をやった。従者の目に突然、静かに、涙があふれていた。同時にその下の顎も、涙に伴う怒りをコントロールしようとするかのように、動いていた。うなじについた小さな血の滴はいまかさぶたになったばかりのようだった。細長い入江に無数のポプラの綿毛が出たり入ったり漂っていたことは言うまでもなく、それと垂直に大粒の五月の雹《ひょう》が降っていて、それがフェリーの周りの波立つ海面を叩くたびに、無数の鋭く小さな噴水が噴き上がった。

ドン・フアンは、船着場のバーでセウタの女——彼のほうの女——に密かに別れを告げた様子を付け加えた。密かにとはもちろん、こそこそとか人目を忍んでとかいうことではない。彼女は、歳上の男を連れて、外の海岸通りを通りかかった。二人は無言で、しかし公然と挨拶を交わしたが、その公然の挨拶にはどんなに鋭い観察者でも気づくことはなかっただろう――まして女と一緒にいた男が気づくはずはなかった。群集や雑踏の中で距離を隔てて自分の女からこうして密かに別れることこそ、ドン・ファアンにとっては正しい別れ、一番上手く成し遂げられる男女の別れなのだった。他のあらゆる別れ方は、始めから失敗の危険にさらされているように思われた。そして別れの成就とはつまり、二人の体が密かに、遠くから、全身で別れを告げ合うことだった。この二つの体はたがいを楽しみ合った、純粋に楽しみ合った仲なのだが、今この密かな別れの間にもう一度楽しみ合っていたし、この時にこそもっと純粋に楽しみ合っていたのかもしれない。少なくとも彼には、すでに遠く隔たってしまった彼女の体から発した一筋の光線が彼の体まで届いているように感じられた。それから、もう後ろを向いてしまった女の背中を見ていると、彼女のほうにはまさに今、あるまったく別なことが起きていることが分かった。彼女は決定的な別れを望んでいなかった――この女もまた。あなたはわたしのもとからこれを限りに永遠に去ったりしないでほしい、去ってはいけない。むき出しの肩甲骨が影絵を作る彼女の背中は威嚇していた。戻ってこなかったら承知しないよ。その背中は要求し、命令していた。時折は、その遠ざかる背中は、ひっそり、切々と求めているようでもあった。だがその光景に浸りきったドン・フアンは、それだけにいっそう次の国と次の女が待ち遠しかった。次の体がいっそう欲しくなったのだ。

ちなみにセウタの美しい妊婦と並んで歩いていた老人は彼女の父親で、ドン・フアンはその老人と前の晩何時間も仲良く並んですわり、いっしょに海を見下ろしていた。時々交わす会話では、たがいがほど良い頃合に相手の言わんとしていた言葉を引き取り、まるで長いこと慣れ親しんだ仲のようだった――その親しさは、父親の側からの揺るぎない信頼の証だった。彼の背中からは、とても痩せて弱々しく見えたこととは関係なく、ドン・フアンを脅かすようなものは何も見て取れなかった。

一週間後、ポール・ロワイヤルでその一日について語ったとき、セウタの思い出でそのほかに彼の印象に特に残っていたのは映画館だった。そこで唯一の観客だったドン・ファンは「オデュッセイア」を基にした映画を見た。オデュッセウスは——映画の最終シーンで、ペネロペや息子と再会することなく——七年の彷徨の後、眠ったまま見知らぬ者たちに故郷のイタケー島に運ばれて目覚めるのだが、自分がずっと思い焦がれていた場所に帰還したことにまるで気づかない。セウタのどんづまりの、海峡の上高くアフリカ大陸の端、絶壁の縁にぽつんと立つバー。世界中の飛び地でこういう「最果てバー」の無いところは無い。カウンターの後ろのオーナーは、その昔は当地の美の女王より大分上等のミスター・ユニバースで、五月の夕暮れ時、たった一人の客であるドン・ファンに、壁に掛かった自分の写真の優勝ポーズを取って、哀しい微笑をたたえながら、たるんでしまった肌の下で次々に筋肉を動かして見せてくれた。その微笑は、また女に捨てられたばかりであることからも来ていた。「アフリカの乙女広場」の小さなキオスク。それは真夜中にもまだ開いていて、とうに闇に沈んだ飛び地のただ一つの明かりだった。奥のほうから光を発していて、表に並べられた新聞と雑誌の列の間がほのかに明るんでいた。だが狭い開口部から中を覗くと、すぐ後ろに店員が静かにすわっていて、小屋の四方の壁はまるで投光器の光を浴びたように眩しく照らされていた。いや、それは壁ではなく、隙間なく並べられた本で、壁は本の背でまったく見えなかった。そしてすっかり暗くなり、戦争が迫ってきていた今も、すべての本を買うことができた。こんな本屋にドン・フアンは出会ったことがなかった。彼が求めていた本――もちろん在庫があった――をびっしり並べられた本の列の中から引っ張り出すのに、どれほど力をこめてなくてはならなかったことか。そして、フェリーに乗っていた、髪の抜け落ちた癌患者は、カフカスの村の結婚式にも居合わせていた。そして、人気《ひとけ》の無い砦の路地を大股で歩き回っていた地元の白痴は、ダマスカスでは、支配者のように左に右に手を振っていた。そして、イル・ド・フランスのオートバイのカップル、あとでドン・フアンを追い立ててポール・ロワイヤルの私のところに転がり込ませることになった彼らは、逆に北アフリカですでにドン・フアンに出会っていたのだった。

あの一週間の間に女たちの数をことさらに数えたてることなど、思いもよらなかった。「女」と「数えること」、それはドン・フアンにとって、その時もそれ以前も問題外だった。

彼は女の時間を、むしろ大きな静止、休止として体験した。数えるのではなく、判読する。彼が女と過ごした時間は、もはや数字の存在しない時間だった。もはや何も数えない。数字で表しうるものは何も数えない。休止によって、場所やその隔りや道のりは意味を持たなくなり、何の尺度にもならなくなった。途上にあることは同時に絶えざる到着でもあったし、到着は引き続き途上にいることだった。そして彼は女の時間に守られて、数える時間の彼岸に身を置くことができていると感じていた。女の時間が続く間、彼には何事も起こりえない。彼の毎度の逃走も大きな休止の一部だった。それはその都度新たに、落ち着いた、冷静な逃走となった。目はしっかりと見開いて。女の時間とはいつでも、時間がある、時間の中にいる、時間とぴったり息が合っている、ということを意味していた。女の時間は、絶え間なく、眠っている間さえも働きかけてきた。それが脈打ち、足指の付け根や手指の先まで身体を温めてくれるのが感じられた。その種の時間にただ守られているだけでなく、担《にな》われ運ばれてもいること、そしてその結果数えられ《ゲツェールト》るのでなく、その時間によって物語られて《エアツェールト》いるのだということが分かっていた。そのような時間の間、自分が物語られることの中へと止揚され、伝えられていくのを感じるのだった。

その後のノルウェーの女については、女がある教会の背後で、ミサが終わった後にドン・フアンを待っていたこと、二人はすでにそのミサの最中にしだいに引き寄せられていたということ以外、ドン・フアンにとって語るべきことはなかった。（女と男が神聖な典礼という祝祭を通じてたがいに、たがいの魂と体に目を開くことほど自然なこと、軽薄ならぬことはない。他のどんな祝祭を通じて知り合うよりもはるかに自然なことだ、と彼は私に説明した。）ところでその女は、その土地では病気、障害者ないし狂女と見なされていた。しかしドン・フアンには彼女は狂気に見えなかったし、彼女自身が自分は狂っていると言ったときは、なおさら信じ難かった。彼は何を信じるではなくただ彼女のためにそこにいたいと思い、実際にそうしたのだ。彼は私に詳しく話したわけではなかったが、とにかく私はそう想像した。

フィヨルドでの、ノルウェーの女との一日からドン・フアンの心に残ったのは、戸外の木のテーブル、万年雪の上の煤（カフカスで見たような）、晩になって消えるどころか、しばらくの間、次第に——永遠に、かとも思われた——明るくなり続ける水面の光、前日のセウタと前々日のダマスカスの月とほとんど同じ月、いましがた溶け出した氷河の先の鏡のように滑らかな赤と黄の池。そこにすわっていたこと。目と耳になりきっていたこと。読書していたこと。翌日のオランダの砂丘で大潮が迫ってくるまでその読書は続き、彼は頁をめくり続けた。魚が一匹、フィヨルドから飛び上がった。通り過ぎた一人の老女の左腕に、とても持ち手の長いハンドバッグが揺れていた。そのバッグがなんとも小さく、なんとも空っぽに見えたこと。さらに年をとった男が通り過ぎた。中国人で、青い服のボタンをあごの下までかけていた。そして行きあう人すべてに大きくカーブを描いて道を譲っていた。しかも恭《うやうや》しく。あれは忘れ難いものだった。子供が海辺に放置されたジュークボックスのボタンをひっきりなしに押していた。別の子かさっきの子か分からないが、子供が、いつまでも自分の皿をなめていて、その顔は皿に隠れて見えなかった。また別の子かさっきの子か分からないが、子供が行方不明になった。フィヨルドにいた全員が探しに行き、母親から聞いた名前を、草一本生えない岩だらけの土地に向かって叫んでいた。やがてその子はびしょ濡れながら無事、連れ戻された（誰が連れてきたかを私に教えてくれたのは、最後になってまた姿を見せたドン・ファンの従者だった）。もちろん、小型バイクに乗った未成年のピザ配達員もいた。セウタでも客のところへ行く道が分からずにいたが、ここノルウェーでも、ありとあらゆる間違った方向に向かって走り出しては、その度に途方に暮れてブレーキをかけていた。そして癌患者の男には、なんと、ともかくも髪がうっすら生えてきていた。そして、なんと、ダマスカスのバスターミナルの真ん中であぐらをかき、付き添いの黒い男を従えて、油だまりの間に祈るかのようにすわっていた自閉症の男は、今このフィヨルドでは、海辺の道の真ん中で魚の骨の間に腹ばいになって寝ていた。付き添い人はダマスカスの時と同様黒く、静かに、腕を組んで隣りにすわっていた。そしてドン・フアンがわざわざ口にするまでもなく、銀色やねずみ色のポプラの種の綿毛が、上へ下へ、北へ南へと国中を漂うのが私には見えていたが、それは、次の宿駅であるオランダとポール・ロワイヤルの直前の名無しの地での話を聴いたときにも、私にとっては前提となっていた。ところで、ノルウェーの女との時間の後、ドン・フアンの従者はいったん姿を消した。もちろん、主人のため、旅を続けるうえでの必需品ばかりかそれ以上のものを準備しておくことに怠りはなかった。靴下は女がしたように本当に念入りにかがってあり、スーツとシャツにはアイロンがかけられ、ボタンはもげないよう、逃走の際にも取れることのないように縫い付けられ、靴は舌革や細かな継ぎ目までぴかぴかに磨かれ、弾力のある新しい靴底が貼られていて、まるで魔法の長靴のようになっていた。ということは、ドン・フアンはまた逃走したと？　彼はそれについては私に、女に対して殺人者――せがまれての殺人者にならずに済むためには、最後は逃げ出さなくてはならなかったのだ、とほのめかしただけだった。

オランダの女の人となりについてドン・フアンはさらにわずかなことしか話さなかった。聴き手の私には、それは彼ががっかりしたり、ましてうんざりしたからだとは思えなかった。反対に、ドン・フアンは日々ますます感激し目を輝かせて話すようになっていた。彼の目はしかしほとんどいつも私を素通りして宙を見つめていた。ついには自分の物語の展開に自分で驚きながら話すようになった。それは、おそらく誰しも、身をもって体験したことを話しているうちに、それがだんだんと虚構のように、根拠の無いことのように聞こえてくるからだ。かといって、それが真理ではないということにはならない――そしてそういった驚きの瞬間にだけ、普段ドン・フアンの「寂しい横顔」ばかり見せられていた聴き手は、彼に正面から見られていることに気づくのだった。

ドン・ファアンが冒険した地が次第に名前を失っていったのも、日を追うごとに強くなる、体験に対するそうした驚きのせいだったのだろう（女たちには、当然それがふさわしく然《しか》るべきことに、はじめから名前がなかった）。ノルウェーでは、フィヨルドはまだベルゲンという町の近くにあったが——あるいは私が話を聴いているうちに付け加えただけかもしれない——、オランダの話にはもう地名は出てこなかった。オランダの女について、ドン・ファアンが話したのはこんなことだけだ。逃走中の彼に、逃走中だった女が、実はごみの埋立地である人工砂丘で出会った。女はひもの男に追われていて、そのひもに、今からちょうど一週間前のその日、初めて売春させられるところだった。しかし彼女は決して「軽い子」ではない（ドン・ファアンの語りは次第に現在形に変わっていき、最後となるその次の滞在地の話ではほとんどキーワードしか言わなかった）。オランダの女についてはディテールがもう一つだけ——女は彼と一緒に運河か水路に面した窓に向かってすわっている。ポプラの種の綿毛が漂い……。五月の雨が鏡のように滑らかな暗い水面に降り注いでいて、女は突然目に涙を浮かべ、言葉通りの意味で言う。「これがオランダよ。」

それ以外は、ドン・フアンがそこでは昼も夜もずっと一人きりでいるのが、私には見えた、というか感じた。飼い主がいるのかいないのか分からない一匹の犬が、長いこと彼につきまとい、それどころか時々道案内でもするように先に走っていっては待つ。路面電車のレールから埃が舞い上がる。松林の中でドン・フアンは、相変わらずついてくる犬の足の肉球からとげを抜いてやり、散歩道では、アスファルトの上を走るときにあまり大きな音を立てずに済むように、ポケットナイフで爪を切ってやる。日がな降っては止み、止んでは降るにわか雨に遭って、自転車道沿いの食糧売店《キオスク》の庇《ひさし》の下にすわり、昨日、アフリカの、この売店とはまったく違った売店で買ってあった本を読む。本のページにも両手両足にも雨のしぶきがかかる中、その薄明るい場所にすわり、ひたすら読む。犬は傍らの芝生の上にいたかもしれないし、いなかったかもしれない。しかしドン・フアンは、歩いているときも立っているときもすわっているときも、子供が呼ぶ声、叫ぶ声が聞こえるたび、びくりとし、急に振り向いて跳び上がり、走り出す。その日、彼は至るところで、どこからか子供が叫んでいるのを聞く。あるいは、かもめの鳴き声やカーブで軋む路面電車の音に、子供の叫び声を聞く。夕方、北海の沖の水平線にアルゴナウテスたちの船が現れる。船は空《から》で、イアソンはおらず金羊毛皮もない。そしてメデイアが、自分の二人の息子を殺すために浜辺から家の中に入っていく。暗くなり始めると、オランダ全体がネオンの国、ろうそくの国となり、あちこちで音楽が鳴り始める。そしてそのたびに、ドン・ファンは音楽から逃れる。この音楽からもあの音楽からも。その代わりに彼はもうとっくに閉まっている花屋――チューリップ以外のあらゆる花がある――に、本に、自分の指先に、女の時間、指先の時間の匂いを嗅ぐ。そしてついに深夜が、そしてようやく静けさ、海の凪が訪れる。そしてまた、ようやく、これまでのいくつもの夜の後に、満月。独り歩いていた男は絶えず満月を仰ぎ見る一方で、例によってカーテンのない家々の中を覗き込み、テレビのニュースを盗み見る……。ドン・ファンはその日を一曲の歌にして歌うことができたし、実際、彼はその日のことを歌うような調子で語った。それとも私が今そう思っているだけなのか。それから突然、歌の中断、再度の逃走。

最後の女の最後の国にはまったく名前がなかった。ドン・ファアンはその国の名を隠したのではなく、最初から知らなかったのだし、知りたいとも思っていなかった。どうやってそこに辿り着いたかすら分からなかった。途中の旅の印象は何もなかった（それでも彼は旅をしたはずだった）。ひどい眠気を覚えた後で目を開くと、彼はもうそこにいた。そして女がそこ、彼の上や下や正面にいた。二人がどうやって出会ったかも知らず、知るべきこともなにもなかった。周りじゅうのものにそれを指す言葉がなかったが、辺りを領していたのは混沌の正反対だった。その場所とそこのすべてが、見知らぬもの、名づけ得ぬものという印象を与えていたことが、単に気にならなかったばかりではない。それこそが感嘆の極みだった。いかなる魔法《ツァウバー》の力も借りない、魅惑《ツァウバーハフト》。

七日後にその名無しの一日について、どもりがちに、つっかえつっかえに語ったとき、ドン・ファアンは、自分とその見知らぬ、最後まで知らないままだった女に関しては、二人のうちの誰が何を言い、二人のうちの誰が何をしたのかすら、覚えていなかった（二人は、その一週間の中では例外的なことに、ほぼ一昼夜を一緒に過ごしたのだが）。もう思い出せない。ドン・ファンが女に本を読んでやったのか、それとも女が彼にだったか。魚を食べたのは女か彼か。女が寒がって彼が女を暖めてやったのか、それとも女が彼をか。チェスで勝ったのは女か、彼か。泳いでいて追い抜いたのは君だったか、僕だったか。時々姿を隠したのは僕か、君か。ひたすら語り続けたのは女か、彼か。ずっと耳を傾けていたのは君か？　僕か？　僕か？　君か？　もう分からないが、それでいい。喜ぼうじゃないか。

その代わり確かだったのはこんなことだった――その名無しの滞在地でも、まだあどけなさを残すピザ配達人は、世界対応モデルのモペットにまたがって、道に迷っていた（さらにガス欠まで起こした）。自閉症の男とその付き添いの男は、一方は天に向かって叫び、もう一方は相手の腕をつかんで二人きりの行進を続けていた。オートバイのカップルは愛の窪地へ向けて出発した（ただし女の髪はまだ黒く、金髪ではなかった）。ダマスカスとベルゲンの老人はまたしても息を切らしながら側溝の水の中に立ちつくしていて、右足も左足も歩道に引き上げることができずにいた……ドン・ファンはそういうことについても私にキーワードを挙げる必要すらなかった。彼が言わなかったからこそ、私は、時が経つにつれて、はっきりと思い浮かべることができたのだ。

ドン・ファンと女たち。ドン・ファン自身によって語られたこの物語はこれで終わりだった。七日間を、庭で、彼と私がこうして過ごすうちに、聖霊降臨祭が目前に迫ってきていた。彼の到着に先がけて飛んできたハシバミの棒は、まだ地面に刺さっていたが、この一週間で麦の穂の高さほどに伸びた雑草に覆い隠されていた。雨が降ってきても私たちは戸外に留まり、マロニエの木の下、それから菩提樹の木の下にいた。菩提樹には葉がびっしり生い茂り、雨の滴をほとんど通さなかった。私たちの頭上の葉の屋根にはほとんどすき間がなく、空の光は点々ともれ落ちてくるだけだった。暗緑色の菩提樹の天空にちりばめられた白昼の星。最後の頃には、ドン・ファンはしょっちゅう椅子から立ち上がり、立ったまま語った。語りながら後ずさりした。太陽が照り、五月の風が木々を吹き抜けると、白い光と暗い影の揺らめき交替するさまが圧倒的で、その中でドン・ファンの姿は時折りふっと消えた。

一週間の物語を語り終えた後も、彼はポール・ロワイヤル・デ・シャンの私の宿に留まった。従者を待っていたからなのか、なぜだったにせよ、私は訊かなかった。ドン・ファンがすぐに出て行かなかったのは、ありがたかった。彼がいるということが好ましくなっていた。生涯ずっと大事に思ってきたものの、ポール・ロワイヤルの荒野ではもう叶わぬことと諦めていた隣人関係が、近くにやって来たこのよそ者、この逃亡者のおかげで、息を吹き返したのだ。私はドン・ファンなら自分の隣人としてイメージすることができた。宿の塀のすぐ向こうではないまでも、たとえば数マイル向こうのサン・ランベールの斜面に住む隣人だ。そもそも彼が滞在してくれたおかげで、私は、自分を挫折した人間と見なし、かつそのことに甘んじるのを、ひとまずやめたのだ。私が彼のために作った料理を彼が食べるところを見たことがその第一歩だった。私は文字通り思い起こせる限りの昔から、これほど心を込めてものを食べる人を見たことがなかった。彼の咀嚼は、後から実際に口に出す考えをまとめているかのようだった。私は再び隣人関係を思い描けるようになっただけでなく、自分の宿屋商売も——新たに客たちをもてなすところも想像できるようになった。それは私が子供の頃から大好きだった遊びだ。

私たちが過ごしたその七日間に、ドン・フアンは、私に一方的に給仕させるのをやめた。彼は私を手伝い始めた。誰かに手伝ってもらうのは、何より台所が狭いこともあり、昔から苦手だったのだが、彼と一緒だと、まさにその狭い空間が、なぜか喜びにすら感じられた。彼が何かをしているところを見ることが、それだけで、私にとって妬みと混ざり合った喜びなのだった。ドン・フアンは単に目がくらくらするほど器用だというだけではなかった。両手ないし両腕につねにまったく正反対の働きをさせて、仕事をいとも楽々と片付けてしまうのだ。そういう作業は、私を仕事でも、それ以外の場でも、いつも自暴自棄に陥れる。極めて単純なパターンの作業でも――たとえば右手で何かを引っ張り、同時に左手で何かを押すといったような――、私はどうしようもなく混乱してしまう。ところが彼は、片手でたとえば玉葱を刻み、同時にもう片方の手でたとえばパイ生地をのばすのも平気なのだ。片手で転がしもう片方でぽんぽん叩くのも、突き刺しつつ丸めるのも、くり抜きつつ詰めるのも、投げつつ受け止めるのも、こぼしつつ注ぐのも、彼の手にかかると、まるで一つの動きのようだった。右手で毛羽立てながら、左手ではつるつるにした。つまみながら打った。振り上げながら押しつぶした。鋸で切りながらねじを回した。思い切り引っ張りながら撫でさすった。めくりながらくぎを打った。そして何をしていようと、左手も右手も、ドン・フアンの動きは明快だった。ゆっくりで、ますますゆっくりになっていくように見えて、それは動作のたびに何かしら物事や人物を心に留めようとしているかのようだった。私には彼の仕事はそんなふうに見えた。

庭での七日間が終わり――次第にその印象は薄れていった。ドン・フアンはどんどん不器用になっていくように見えた。物をつかみそこなったり落としたり、ぎこちなくなった。さらにはひっきりなしに時計を見、取るに足りない出来事にいちいち日付を付け加えた。彼は毎晩パスカルのプロヴァンシアル書簡の一部を朗読してくれて、それはモリエールの喜劇と同じくらい、二人の楽しみになっていたのに、そのページを開くこともなくなった。私は、ドン・フアンが数かぞえの強迫に襲われる様子を目撃することになった。初めは唇を動かすだけだったが、やがて声に出して数えるようになった。自分の歩数、シャツのボタンの数、ロドン谷を走る車の数をかぞえ、ツバメの群が庭の上空で弧を描くと、その旋回をともに数え、ポプラの綿毛までいちいち数えようとした。問題は、もちろん退屈とは違う何かだった。ドン・フアンにとって時間が長くなったというわけではなかった。出来事や際立った瞬間が少な過ぎたのではなく、反対に多過ぎ、あまりに多過ぎたのだ。あらゆる瞬間――あらゆるもの――が浮き立ち、時間は第二、第三の物や人へと断片化してしまったのだ。連関こそが時間感覚を作り出していたのだが、もはやディテール、いや、ばらばらに孤立したものしかなかった。今の彼は、緩やかというよりも、無骨で鈍く、要するに不器用に見えた。あるいは逆に不器用に急いでいた。ドン・フアンは彼特有の時間不足に陥っていた。そして絶えず私に時刻を尋ねた。

彼を立ち去らせても何も変わらなかっただろう。私も早く去って欲しいとは思っていなかった。それに彼自身もまだポール・ロワイヤルから離れる気はなかった。そういうわけで私はドン・フアンを聖霊降臨祭の前日、サン・ランベールの村の墓地に連れて行った。朝から晩まで庭にいたのも、彼の時間病の原因かもしれなかったからだ。しかし自然の中をこれだけ歩き回っても何も良くならなかった。辺りの風景もドン・フアンにとっては、我が家やその塀で囲まれた庭と同じように、息苦しく閉じた空間でしかなかった。彼はまるで分厚いガラスの釣り鐘の中に囚われた人間がもがいているような印象を与えた。いたるところで木にぶつかり、足を取られて土手をロドン川の岸辺の沼沢地まで転がり落ち、実際には空高く飛んでいた野鳩を蚊と見間違えて叩こうとしたりした。彼が陥っていた時間の危機は、距離や間隔の喪失でもあった。私たちがようやくイル・ド・フランスの不思議なくらい広大な台地――「わが」イル・ド・フランス、と私はゆくりなくも思った――を目にすることができる所に出てきたとき、私が「なんという空だろう！」と叫ぶと、ドン・フアンは「どういう空だって？」と訊いた。上り坂で、彼の靴底の片方が取れてしまったとき、それは幸せの徴だと私が言うと、彼の答えは「何でもいいが幸せだけはごめんだ！」それは、これまでの日々に庭で繰り返し言っていた「愛ではない、勇気だ！」とは何か違う趣きの言葉だった。この一週間ずっと、私の先を歩いていた彼が、いまは内股に足を引きずりながら、うつむき加減に、目だけは遠くにいる私に向けて、後ろをついて歩いてきた。そして何より彼の敵となったのは動物だった。一週間で、サン・ランベールの猫は巡回中に次第に長く留まるようになり、最後にはドン・フアンのあとについて歩くようになっていたのに、今、ドン・フアンは外に出ると、五月の蝶や生まれたばかりのトンボにまで攻撃されているように感じた。ちっぽけな甲虫がわざわざ彼に飛びかかった。この上なく無害な蜘蛛が彼の顔に毒糸をかぶせた。初夏のコオロギの初音が、時計のねじを巻くうるさい音に、今年最初のバッタが草の中を跳ねる音が、もっとうるさい時計のチクタク音に聞こえていた。そして道中私たちはほとんど何にも出会わなかったのに、彼は私の後ろで絶えず、激怒しながら数をかぞえていた——動物、災難、混同の数を。

もっとも、サン・ランベールに向う道で、私が思ったことは、ドン・フアンの物語の七日間が終わった後では、すべてがなんと変わったかということだ。私がずっと願ってきたことだが、ようやく外国人が村に引っ越してきた。少なくとも、永遠に閉じられているように見えていた村の唯一の店が、開店初日のように華やかに開いていて、戸口にはターバンを巻いたインド人が立っていた。中国人の若いカップルがポール・ロワイヤル周辺のハイキング地図を持って角を曲がっていった。とにかく、ドン・フアンと一週間を過ごした後、私には、これらの遠い隣人たち（そう、隣人たち）がみな若返っているように見えた。祖先かと思われるような老人や小金持ち、しみったれた老人ハイカーのグループはこの辺りから消えていた。私は商売の気配を感じた。そして歩きながら、残った少数の昔からの住人もどこか変わったことに気づいた。家と車道の間のいつもの場所の外では会ったことのない人々が、水辺の森で熟したばかりの野生のさくらんぼを摘み、森の外れで初物のワイルドストロベリーを摘むのを、私はここに来て初めて見た。かつてはそうやって果実を摘む人に出会うことも滅多になかったし、会えば恥ずかしそうにしていたものだ（恥ずかしがらないのは他所者と決まっていた）。しかしいつの間にか、他所者も土地の者もみな、自信ありげにとまでは言わずとも、当たり前のように、果実を摘んでいた。そして私には、村の新しい住人も、村の外の昔からの住人も、すぐにうちの上客になるだろうと思えた。

反対にドン・フアンにとっては、そんなわずかな人々も多過ぎなのだった。彼に残されたわずかな場所を奪い、彼をこの空間から追い出しかねなかった。果てしなく広く見えるイル・ド・フランスの中のわずかな人影を、彼は、あたかも巨大な敵の軍勢の一部ででもあるかのように数えていた。その一方で、彼は奇妙なくらい礼儀正しくなり、それまでの一週間は、誰であれ向こうから挨拶されるものだと思っていたのに、今では毎度、自分から真っ先に挨拶した。ただとてもぎこちない、はるか遠くからの挨拶だったので、全然気づいてもらえないか、あるいは気づいても挨拶だとは分かってもらえなかった。他方で、彼はほとんど無礼になった。手をつないで歩いていたアジア人のカップルを、突き飛ばした。ただ突き飛ばすというより、頭から二人の間に突っ込んで行って二人を離ればなれにした。それは単なる不手際ではなかった。中庸の国から来た恋人たちまで公然と手をつなぐとは何たることだといったような呪詛の言葉まで吐いたのだから。しかしドン・ファンの時間問題と、突発的な「拍子外れ状態」は、音楽への欲求というまったくなじみのない形で、一番はっきりと見て取れた。音楽なら何でもよかった。一緒に過ごしていた間、どんな音楽であれ、他の何にもまして避けていた彼が、今はまさにメロディーとリズムと響きを渇望していた。彼は墓地でも、大まじめで、私が「ウォークマン」を持っていないかと尋ねてきたのだ。

墓地でも、彼ははじめ、数かぞえとも誹謗ともつかない長広舌を続けていた。墓を一つ残らず数え、墓守を罵った。墓守の住居は、フランスでよくあるように、墓地の中にあり、その窓からはテーブルクロスだけでなくシーツまでが干してあった。「しかも赤いチェックときた」。彼がそう言いながら震えていなかったなら、私は笑い出すところだった。ドン・フアンは震えていた。激しく震えていた。その震えはあらゆるリズムに抗っていた。サン・ランベール墓地で、奥の墓石と墓石の間の土の帯を見たときだけ、その震えはおさまった。ポール・ロワイヤルの修道女たちを偲ぶ記念碑。かつて彼女らは、神の恩寵は自明ではない、万人が簡単に与ることのできるものではないと考え、そのため、異端として自分たちの修道院から追われたのだった（少年の頃修道院付属学校でその修道女たちに教わったジャン・ラシーヌはポール・ロワイヤルの歴史を書いたとき、修道女たちを讃えてポール・ロワイヤルの辺りを「砂漠《デゼール》」と呼んだが、当時この言葉にはただの「荒野」という以上の意味もあった）。ドン・フアンはそのとき、修道女たちの骨が埋まっていると言われている穴というか窪みを「崇高《エアハーベン》」だと言った。この言葉はふつう、高く上げられたもの、そびえ立つものという意味で使われもするのだが。

墓地の裏手の、背もたれのないベンチにすわったときも、ドン・フアンの震えは止まった。ベンチはかつての児童公園に面していた。児童公園の人工の丘は、もはや階段の土止めの板もほとんどなくなり、ただ雨に洗われた、粘土質の土。灌木に被われ、円錐形になってしまったピラミッドだ。足下の砂地には、いつも雀が砂浴びをする小さな窪みがいくつかあった。どの窪みも、何年もの昔から、いつも同じ場所で、その年に生まれた雀たちによって更新されていた。そして砂に残された雀の砂浴びの跡は一種の星座、大熊座の形をしていた。大きな熊と雀、いい取り合わせだった。ドン・フアンが窪みの数をかぞえる。しかし数かぞえの強迫はもうなかった。そして聞き慣れたため息。哀しみは重くのしかかるものでなければならないなどと誰が言ったのだ？　続いて、私に空の話をしかけたのはドン・フアンだった。彼は、ついに顔を上げ、大声で言った。「これこそが空だ！」するとやっぱり子供が二人、公園に遊びにやって来た。二人は喘いだり呻いたりしながら愛の陶酔に溺れる恋人ごっこをし、最後に揃って舌を出した。

それから、ポール・ロワイヤルの宿の前に従者の車。ドン・フアンの話から想像していた通り、ぽんこつのロシア車だった。しかし従者自身は、私の想像とは食い違っていた。

人づてにしか知らない人はたいていそうだった。私は思わず彼の顔にひっかき傷と噛み傷を探したが、まったく無傷のようだった。ただ口ひげの一部が焦げているように見えた。そして従者にそぐわないと思った襟の襞飾りは、いわゆる鞭打症の治療に使われる頸当てだった。ところで従者は、私たちが近づいたとき、車の中でまっすぐにすわって、こわばったように前方を見つめていた。私とドン・フアンが前や横に立っても、気づいていないかのようだった。彼は、まるでもう思い出せないくらい前からつぶやき続けているかのような独り言の最中だった。夢遊病者の独り言のようにほとんど声は出ていなかった。聴き取れたのはおおよそこんなことだ――。

「……女と死。お前に近づくたび、俺は自分の死を覚悟した。実際、お前はまるで俺を殺そうとするように突進してきたが、俺の腕に抱きとめられた。ともかくひとまずは、だ。首を絞められる危険はその後になってやってきた。お前が窓に押し付けた頬の跡。今でも拭かずに残してある。お前は戸口に立ったときにはもう、影を投げかけていて、おかげで家全体が闇に包まれた。いやしかし、俺はお前の闇をどれだけ喜んだことか。お前が姿を現すと、俺は自分の部屋の中のことさえ、何がなんだか分からなくなってしまった。お前が部屋を完璧に片付け、絶えず整頓しなおしたからばかりじゃない。あのアラビアとチリの砂漠にいた頃だけだ、俺とお前が男と女だったのは。ああ、お前の薄い灰色まじりの毛が触れてくる感触。お前の匂いを吸い込むと俺は歌い出さずにはいられなかった。で、俺が歌うとすれば、それは大したことなのだ。そしてお前は、ひとたび横たわると、横たわって、横たわっていた。いやあ、女だけがあんな風に横たわって、横たわって、横たわることができる。そしてお前と俺の間にはお前の赤ん坊が寝ていて、一晩中湿ったおむつを俺の顔に押し付けていた。お前はなんと所を得ていたことか。一人で、男無用で、超然として。女にしかできないことだ。〈来て！〉と俺に向かって言いながらお前が考えていたのは〈死んで！〉ということだ。俺はなぜお前をやり過ごさなかったのだろう？——お前にしても通り過ぎるのが一番よくて、通り過ぎていくときにこそ一番魅力的になるのに。お前は砂漠に戻るがいい。ここではお前はひたすら慌ただしく生きるようになって、朝から晩まで街や郊外を突撃でもするように早足で歩く自分を美しいと思ってもいる。かつてのお前は小さな徴や暗示の何という達人だっただろう——俺にとってそういうささやかな徴ほど必要なものはない——そして今のお前にはもう、ほんのささやかな徴を用いる余裕もない。フロントガラスの内側や玄関マットの下や上着のポケットの中にメッセージが入っていることもなくなった。靴の中に入れられたメモの紙切れに、お前と別れて歩き始めてから気づくということもなくなった——謎めいていればいるほど後々まで気になる暗示はもはやない。〈お前のことがものすごく欲しいようだ〉と俺は言った。——〈誰が？〉とお前。——〈俺がだよ〉と俺。砂漠ではお前はどんなにのびのびと振る舞っていたことか。なのに近頃はどれだけのものを背負い込んでいることだろう。どこを歩こうがどこに立とうが、足を引きずっている。アフリカのベドゥイン女だった頃とは大違いだ。女たちよ、どこへ行ってしまったのだ？　ああ、今は女たちのかわりに特売品ばかりだ。安っぽい特売品。ああしかし今でも、通り過ぎて行くお前たちの尻が、どれだけの希望を、どれだけの生きる喜びを俺に与えてくれることか。いったい何だって毎日お前たちを目がけて俺は起き上がったというのか？　自分の、男というものの味気なさから抜け出して、お前たちの秘密に入り込むためだ。今はどうかって？　もっとひどい味気なさの虜だ。俺はお前を撫で、揺すり、ゆさぶり、殴って、お前から子供を引きずり出してやる、悪魔め。俺たちの隣りには吸血蛭がいて、俺たちが愛し合っている間にどんどん太っていった。お前は、前の男の股間に手を伸ばしながら、肩越しに俺に最初の視線を投げてよこした。お前が俺の死を望むのは、女よ、そうなれば俺を悼むことができるからだ。俺の頸の捻挫。あれは事故ではなかった。重い石のような勢いで、俺の頸はひとりでにそっくり返ったのだ。俺はお前が姿を現すのを待ち受けている。たとえお前が現れなくても、俺が見張っていたことに変わりはない。最高の、逃れ難いお前。くたばるがいい。ところで明日は聖霊降臨祭だ。」（ここで従者は突然、主人ドン・フアンのほうに向き直り、口調を変えた）「ほら、いい加減何か言ってくださいよ。口を挟んでもらわないと、はっきり話せないんです。で、あんた、あんたはそうやってわざと黙っていて、私にいつまでも厄体もないことをしゃべらせておくんだから。」（そして車から出て）「ええ、支離滅裂で回りくどい話しかたしかできないんです。ああ、詩人だったら良かった。いやあ、私がここにいて、同時に何百ものいろんなことを思い浮かべているっていうのはすごいことじゃありませんか。いやあ、彼女が服を脱ぎ捨てたときに初めて、彼女が何も身につけていないことに気がついたんですよ。私の目の前で裸になったのに、服が床に落ちるのは目に入らなかった。だからこそ彼女はいっそう裸に見えたんですがね。分かる人は分かってください。」

その後私たちが三人で夕食を摂っていると、いつの間にかわが宿屋は女たちに包囲されていた。一週間経って、あの明るい五月の晩を思い起こすと、実際にはなかった鋭い戦いの雄叫びが聞こえる。同様に私には六、七人の女たちがみな白い服に身を包んでいたように思えてくる。一瞬のうちに――彼女たちの登場には古風な「俄に《にわか》」という言葉のほうがより似合っていた――女たちは、てんでばらばらな方角から、ある者はパラシュートで下降し、ある者は馬で乗りつけ、もう一人は象から降り立ち……といった具合に現れ、塀の前に居並んだ。女たちは、庭の塀の開口部にまず姿を現した私を陰険な目付きで見つめ、それで私は、以前ポール・ロワイヤルの塀の上を通り過ぎて行ったおびただしい槍の穂先を思い浮かべた。その槍は、そのあと正面玄関前で見たら、槍投場に向かう若いスポーツ選手の一団のものだったが。この美しい包囲軍を見て私が思い浮かべた言葉は「ロワイヤル港《ポール・ロワイヤル》」ならぬ「ロワイヤル砦《フォール・ロワイヤル》」だった。女たちは本当に美しかった。ドン・フアンの「曰く言い難く美しい」という言葉に誇張はなかった。それどころか、こと女に関してはとっくに自分は数に入らないと思っていた私だが、彼女たち皆の陰気な表情にもかかわらず、即座に「改めて私も仲間に加えてくれ」と思った。ここにいる女たちとならまだ何かが体験できるはずだった——何かは分からないが。そしてあの日、私の目にはもう一度、空が一役買っていた。ああ、あの女たちがみなこの空の下に揃っている、と。女たちが見るからに邪悪なことを目論んでいようとも、私は彼女たちに夢中になっていた。この女たちが力を合わせれば、何かが起こる！　だが女たちは力を合わせなかった。たがいに注意を払うことすらしなかった。他の女などまったく眼中になかったのだ。一人が走っていって隣りの女を突き倒したとしても、そのことにおたがい気づきもしなかっただろう。女たちはそれぞれ一人でポール・ロワイヤルを包囲していた。「曰く言い難いほどの美女たち」はおのおのが他の女たちとは無縁に決然と存在していたのだ。

その代わり、私は再び、この女たちにこそふさわしい美のあれこれを言い表すことができるようになっていた。ポール・ロワイヤル周辺の丘の森では、栗がまさに満開の花を咲かせていて、その淡く黄色い花糸は、色の濃い柏の樹の間を、縦に浮かびながら波や泡立つ波頭のように流れてゆき、廃墟のまわりの四方八方で音を立てずに砕け散った。そして静かに砕け散るその波しぶきの上へ、イル・ド・フランスの台地奥に建つ旧ポール・ロワイヤル修道院の納屋の明るい赤色の屋根がせり上がってきた。その瓦屋根の風景は、かくも美しく、変わった、それでいて夢では何度も見た未発見の惑星の一部のような、どこでも目にしたことのない風景だった。そしてその風景の上で最後の陽光と溶け合っていたツバメたちは、まるでその光に後押しされたかのように、速度を速めた。その下のロドン谷を、ポプラの種の綿毛のおそらく最後の一群が漂っていたことは言うまでもない。綿毛は道端や草地の溝や畑の畝から垂直に舞い上がり、どんどん絡み合って、軽やかなボールやドレスの引き裾のような形を作ったかと思うと、女たちの足下では羊毛《フリース》のようにもつれてくっつき合う。ばらけているものはさらに女たちの周りを飛び続け、女たちの耳や鼻をくすぐる。だが、女たちはしかめ面やくしゃみをしそうになっても、だからといって陰険な視線を和らげはしなかった。五月の夜風に乗って、走る子供たちの靴底が立てるようなぺたぺたという音が聞こえてきたが、子供たちは現れなかった。包囲する女たちが握りしめた武器は、いつの間にかプレゼントのような趣を帯びていた。

「時間だ！」と私の後ろでドン・ファンが言うのが聞こえた。三重のため息は相当大きな音になった——従者もため息をつき、そして、そう、私もため息をついたのだ。ドン・ファンが私の代わりに塀の小窓に姿を見せると、六人だか七人の女たちの目はさらに陰気になったが、その陰気さはそれまでとは別種のものだった。そのときの女たちのしかめ面は、ポプラの綿毛にくすぐられたせいではなかったか？　一週間経ち、私は彼女たちをもう数としては見ていない。今、数か文字かと問われれば、私は、文字、と答えるだろう。ドン・ファンが、単語の綴りを言うときのように唇を動かす人間であることも一役買っている。「時間だ」と言いながら、彼は急がなかった。その上、私の庭の動物たち、他所の家の猫も、ついて来た野良犬も、ヤギも、彼が門から出て行くのを阻止したいと思っているようだった。まるでパニックに陥ったかのように、一匹は彼の脚の間をくぐり、もう一匹は彼の行く手を阻み、一匹は、明らかに意図的に、彼の前に脚を突き出した。近習のように彼の登場に備えていた従者も、塀の前でどんどん大きくなる顫音《トリル》のせいで——それは空耳だったかもしれない——色々な物を立て続けにつかみそこなって、混乱に拍車をかけていた。ドン・ファンはしかし、すでに語ったように、このパニックの中でこそ、再びくつろいでいた。彼は、至って冷静に、野人のような冷静さをたたえて、あたりを見回した。

私の庭で過ごした七日の間にも、次から次へと他のドン・ファンが現れた。夜のテレビ番組にも、オペラにも、芝居にも、あるいはいわゆる第一次現実の世界にも、血肉を備えて。しかし、わがドン・ファンが自ら話してくれたことを通して、私は知った。それらはみな偽のドン・ファンだったのだ、と——モリエールのも、モーツァルトのも。

私は、ドン・ファンは別の人間だ、と証言できる。私は彼を誠実な人間——誠実さの化身——だと思った。そして私に対しては、ただ友好的というのとも違っていた——彼は注意深かったのだ。そして私がもし父親のような人物に出会ったことがあるとするなら、それは彼だった。彼の言うことに耳を傾け、彼の言うことを信じた。それでいて、彼は七日間ずっと私には遠い存在だった。それがまた、ずっと他人のことを、自分が登場しない他人の物語を、夢見ていた私には、ちょうどよかった。一緒に過ごしていた間、彼が私に本当に目を向けたことは一度もなく、物語をしていたときが特に分かり易かったが、私を通り越した先というか、私を通り抜けた先を見ていた。いや、一度だけ彼が私をまじまじと見たことがあった。彼の手からお守りのようなものが落ちて、あわや壊れるかと思われ——そのとき彼の口からある名前がこぼれたが、それは女の名前ではなかった——私がそのお守りだか何だかをぎりぎり最後の瞬間に受け止めたときのことだった。

彼が、庭の門を開ける前に突然笑い声を上げ、外に向って合図するのを私は見た。外でも誰かが笑って合図するのが見えた。それは水辺の森から女たちのほうへ歩み寄ってきていた男だった。あれは、女の一人、ノルウェーの女かオランダの女か他の女の兄だ、女とは違って、ドン・フアンが土地を去るときに、それ以外はありえまい、ドン・フアンと友情を結んだのだ、と、ドン・フアンはなお肩越しに私に話した。そのあと何が起きたか最後まで語ることはできない。ドン・フアン自身にも、私にも、他の誰にも。ドン・フアンの物語に終わりはありえない。そして、これこそが、決定版にして真のドン・フアン物語なのだ。

訳者あとがき

Più non cercate:
Lontano andò.
(もうお探しにならないで下さいよ。あの方は遠くに去《い》っちまいました。)
Mozart/Da Ponte 海老沢敏訳

ペーター・ハントケは、他でもない、「決定版にして真のドン・フアン物語」を語る。正確に言えば、ドン・フアン自身に語らせる。五月の、ポール・ロワイヤル・デ・シャン近くの庭で、七日間にわたって、毎日、ちょうど一週間前のその日の冒険を。そしてほんの時折、聴き手のコメントがさし挟まれる。この聴き手の証言するところによれば、テレビやオペラや劇場に現れるドン・ファアン、あるいは「第一次現実の世界」に現れるドン・ファアンは、すべて偽物である。「ドン・ファアンはまた別の人間だ。私は彼を誠実な人間――誠実さの化身――と見た」。とは言え、女たちの物語、幸運な遭遇と幸福な別れの物語に欠けているわけではない。その反対だ。カフカス（コーカサス）山麓の結婚式に始まって、ダマスクス、三日目にはアフリカ北岸のスペインの飛び地セウタ、さらにベルゲン近くのフィヨルドの桟橋、オランダの砂丘……。旅のどの逗留地でも彼は女に出会い、その都度の女とともに、力強く哀しみながら、「大きな休止」の時間に沈潜する。そこでは瞬間と永遠が一致する。

「これはまさにハントケ・ワールドで、今日ほかのいかなる作者にも掴まえ書くこと能わざるものだ」（新チューリヒ新聞、マルティン・マイヤー）

ペーター・ハントケは一九四二年オーストリア南部ケルンテン州グリッフェンの生まれ。

……と、以上は実は原著ペーパーバック版の扉裏に記された梗概のおおよその翻訳だ。

厳密に言うと語り手は二重で、まずパリ郊外の、ポール・ロワイヤル・デ・シャン付近で宿屋を営む語り手がいる。彼のもとにドン・ファンが転がり込む。それからの一週間、ドン・ファンは、宿の庭で、その前の一週間、その都度ちょうど一週間前の日のこと、その都度別の場所、別の女のことを、日々、物語る。宿屋の主人は、こうしてドン・ファンが彼に語って聞かせたことを再話する聴き手＝語り手となる。宿屋の主の地の語りが、最初と最後の枠を形作る。構成は簡明だ。

この聴き手＝語り手という機軸は、近年のハントケ作品に目立つものだが、これが決定的に作品の風通しを良くしていることは間違いない。「自ら語る」ドン・ファンは、本当に自ら語るだけであったなら、堪え難いに違いないし、本書のような広がりを得ることはなかっただろうと思われる。聴き手が書き留めるように、ドン・ファンの逗留地ごとに、また物語る背後に、漂い踊るポプラの綿毛あってこそ、すべては重力を奪われ、軽やかになる。

しかしなんというドン・フアンだろう。聴き手となる宿の主は、文字通り転がり込んできたドン・ファンを即座に晩餐に招き、のっけから「石の客」のモチーフが転倒される。田舎の婚礼の場面も、ティルソ・デ・モリナ以来、ドン・フアン説話の系譜に連なる物語の定番だが、カフカスの山麓に置き移される。カフカスの花嫁はいわばハントケ版のツェルリーナだ。「物語る」ドン・フアン、父親であり「孤児」であるドン・フアン、「誘惑者ではない」「誠実な」ドン・フアン、「哀しみ」にひたされたドン・フアン、「石の客」や殺人など禍々しいもの、あるいは「きわどい細部」とは何も関わるところのないドン・フアン。どこを取っても未聞のドン・フアンだが、それでもドン・フアンの物語なのだ。

あらゆるドン・フアンものは、訓戒の意図があったらしい元祖ティルソ・デ・モリナのものも、モーツァルトとダ・ポンテのものも、ハントケのこの作品も含め、所詮は男の勝手な妄想に過ぎないという見方も成り立ちそうに思う。それでも本書の「ハントケ・ワールド」は読まれるに値し、こうして日本語に移して紹介するに値すると思われる。

四月初旬、ポール・ロワイヤル周辺を歩いた。ポプラの綿毛の時期にはちょっと早かったが、「場所」の作家であるハントケの翻訳に携わるときはいつものこと、いつもながらのハントケ・オリエンテーリングだ。本文中で「中国人のカップル」が持っていたのとおそらくは同じ2215OT番の二万五千分の一地図を手に。歩いてみることで、訳文を修正した箇所も、今回も、現にある。舞台であるポール・ロワイヤル・デ・シャンを中心とするロドン谷とメランテーズ谷は、イル・ド・フランスの西部、ヴェルサイユより少し外側、パリと郊外を結ぶRER（首都圏高速交通網）の、B線の終点サンレミ・レ・シュヴルーズと、C線の終点サンカンタン・アン・イヴリヌに挟まれた一帯にあたる。その二つの駅を、ローカルバスが結んでいる。そのバスや車であたりを走る限り、本文中にあるように、どこまでも牧草地と畑が広がり、その隅に新興住宅地が点在する平地にしか見えない。よくよく見ると、南北の地平線のかなたに、帯状に、木々の樹冠が覗いている。それがこの台地を掘り込んで流れるロドン谷とメランテーズ谷の拠水林だ。バスを降りて、谷に下っていく。ポール・ロワイヤル修道院跡はロドン谷の中に隠れてあり、サン・ランベールの村は、その下流、ロドン谷の左右の斜面に這い上がるように立地する。本当に針葉樹は稀な、広葉樹ばかりの緑地。様々な種類の、小鳥たちの声が降り注ぐ。修道院から台地に上がったあたりには、「鳥たちの歌」、ル・シャン・デ・ゾワゾーという地名が付いていさえする。これが、本書の枠をなす舞台だ。そもそもこの二つの谷を浮かび上がらせていることに、目立たぬもの、見過ごされるもの、言葉を与えられることがないものに言葉を与え、物語の中で生命を与えるいつもながらのハントケの手つきが象徴されているようだ。（訳者がドン・フアンの他の宿駅を訪ねることが叶わなかったのは残念だ。）

ポール・ロワイヤルはシトー会女子修道院だったところで、ドン・フアン説話の成立と同時代の十七世紀、カトリック教会内の改革運動であったジェンセニズムの牙城だった。エリート的で敬虔な信仰で、彼らの考えでは、人間の救済においては神の恩寵が絶対的な力をもち、人間の自由意志の働きはそれにくらべて極端に無力である。したがってこの世の行為に対する報酬というものはない。要はアリストテレス＝トマス主義を採って世俗的な権力を恣にしていたローマに対するプラトン＝アウグスティヌス主義（「神の国」と世俗権力を截然と区別する）の巻き返しの一端に属するわけだが、ジャンセニズムは特にフランスで広範な支持者を見出し、ポール・ロワイヤル修道院はことに教養層から支持される。その中には哲学者・数学者のブレーズ・パスカルや劇作家ジャン・ラシーヌがいる（本書冒頭で触れられている二つの書物の作者だ）。ローマ教会はこの教えが自らの権力を掘り崩すものであることに気づく。とりわけ、ローマの尖兵であり、救済において自由意志の働きを重視するイエズス会（ジェズイット）と、ジャンセニズムは、鋭く対立する。最終的に、一七一〇年、イエズス会と関係の深かったルイ14世の命によって修道院は破壊されることになる。

これもいつものハントケのことで、ドン・ファアン説話以外に文学史的な無数のインターテクスチュアリティ、つまりは本歌取りや暗黙の引用にも、またポール・ロワイヤル以外にさまざまな歴史への参照も欠けていないのだが、ここでは縷々述べることは控える。先に引いたペーパーバック版紹介文にも引用されている「ドン・ファアンはまた別の人間だ」には、ランボーの有名な言葉、「私は一人の他者である」が透けて見えるということと、設定されているとおぼしき一九九九年五月、ランブイエは、不吉なコソヴォ和平交渉の舞台で、全編を通じて、宿屋の庭の上を横切って飛ぶ軍用機の爆音には、NATOによる空爆のこだまが聞かれるし、「アライド・フォース作戦」の名が当てこすられてもいる、ということだけ記しておこう。

些事にわたるが、訳稿の成立経緯について。もともと阿部が出版のつもりで翻訳作業をやっていて、七割方訳し終えた頃、DeLi誌で宗宮訳の連載が始まった。それで、阿部訳は筐底に眠ることになった。かなり経ってから、思わぬ所で宗宮氏の知遇を得、DeLi掲載訳を書籍化する予定がないことを知り、それでは共訳の形で稿を改めて出しましょうという話になった。最初から三分の二ほどは、阿部が用意した翻訳に宗宮がチェックを入れることから始め、後半三分の一は、DeLiに掲載された宗宮訳をベースに、阿部が手を入れた。その後両者で全体をチェックし直し、このような形になった。クリシュナ・ウィンストンによる英訳、ジョルジュ＝アルテュール・ゴルトシュミットによる仏訳も適宜参考にした。ドイツではロバート・デ・ニーロの吹き替えでも、また朗読の名手としても知られる俳優、クリスティアン・ブリュックナーの朗読でCDも出ており、そのトーンからもなにがしか教えられるところがあった。記して感謝したい。翻訳者泣かせの体験話法を駆使したところに成り立っている「ドン・ファアン自身によって語られた」ドン・ファアンを日本語に移す作業が、どこまで首尾よく行っているかは、お読みくださる皆様の判断に委ねるしかない。

原著は、Peter Handke, Don Juan (erzählt von ihm selbst). 2004, Suhrkamp。二〇〇六年のペーパーバック版も見たが、違いはなさそうだった。また、Esther Tomberg の修士論文、Peter Handkes „Don Juan (erzählt von ihm selbst)" in der Tradition des Don Juan-Stoffes. 2008, Grin Verlag と、Evelyne Polt-Heinz. Peter Handke. In Gegenwelten unterwegs. 2011, Sonderzahl に多くを教えられたことも記しておきたい。

末筆ながら、DeLi 編集長として宗宮訳の成立に決定的な後押しをされ、その後共訳出版にも理解を示してくださった池田信雄さん、ジャンセニズムとイエズス会の関係についてご教示いただいた山上浩嗣さん、オートバイに関する語彙を教えていただいた元バイク野郎の大宮勘一郎さん、カフカス地方の風景と習俗について教えてくださった原純子さん、ツバメの生態についてご教示くださった藪慎一郎さん、そして手際の悪い訳者二人に辛抱強く付き合っていただいた三修社編集部の永尾真理さんに感謝を捧げます。

著者略歴

ペーター・ハントケ（Peter Handke）

1942年オーストリア、ケルンテン州グリフェン生まれ。1966年に小説『雀蜂』でデビュー。同年、「47年グループ」プリンストン大会での批判的な発言で注目され、ドイツ、フランクフルトで上演された戯曲『観客罵倒』で一躍脚光を浴びる。その後現在にいたるまで、小説、戯曲の他、翻訳、ラジオドラマ、詩にわたって精力的な創作活動を続けている。1990年代にはユーゴスラビア紛争についてセルビア支持の発言によりマスメディアからの攻撃を受ける。現在はフランス、パリ近郊のシャヴィーユ在住。代表作に『幸せではないが、もういい』、『反復』、『ベルリン・天使の詩』脚本（ヴィム・ヴェンダースとの共作）など。

訳者について

阿部卓也（あべ・たくや）

関西学院大学准教授。
訳書にペーター・ハントケ『反復』（同学社）、『こどもの物語』（同学社）など。

宗宮朋子（そうみや・ともこ）

明治大学兼任講師。

ドン・ファン（本人が語る）

二〇一一年一一月一五日　第一刷発行
二〇一九年一〇月三〇日　第二刷発行

著者　ペーター・ハントケ
訳者　阿部卓也
　　　宗宮朋子
発行者　前田俊秀
発行所　株式会社　三修社
〒150-0001　東京都渋谷区神宮前二-二-二二
電話　〇三-三四〇五-四五一一
FAX　〇三-三四〇五-四五二二
http://www.sanshusha.co.jp/
振替　〇〇一九〇-九-七二七五八
編集担当　永尾真理

印刷所　萩原印刷株式会社
製本所　牧製本印刷株式会社
装丁　土橋公政

JCOPY〈出版者著作権管理機構委託出版物〉
本書の無断複製は著作権法上での例外を除き、禁じられています。複製される場合は、そのつど事前に出版者著作権管理機構（電話〇三-五二四四-五〇八八　FAX〇三-五二四四-五〇八九　e-mail : info@jcopy.or.jp）の許諾を受けてください。

© 2011 Printed in Japan　ISBN978-4-384-05602-0 C0097